新しい短歌の作法

大塚布見子

現代短歌社新書

目次

歌は万人の道

作家の丸谷才一氏が、その著『文章読本』で、谷崎潤一郎以来、川端康成、三島由紀夫、中村真一郎などという作家達によって書かれてきた『文章読本』は、異常な文学的現象ではないかと言い、昭和文学の一特徴と見て差し支えないとかいていますが、短歌の方でも、このところ『短歌作法』に類する本は間をおかずかかれているようです。短歌を始めようとする人が、いわゆる「ハウツー物」を求める世の風潮の故もあるのでしょうが、それだけではない、何かがそこにありそうです。やはり、短歌史的にみても一つの時代的特徴と言えるのではないかと思います。

作家のかく『文章読本』は、明治初期の言文一致運動以来、話し言葉通りにかくというういわゆる口語体が生み出されてから日が浅く、その文体を使いこなすむつかしさがあったからでしょうし、その文体を生み出し、完成させるのは作家であるという自負もあったでしょう。

しかし、短歌は韻文であり、文語体で、形があります。口語体の文章が、たかだか百年の歴史しかありませんのに、短歌は千三百年余の歴史があります。長い歴史の間には、当然、盛衰はありましたし、新しい酒を古い革袋に入れる歎きを先人達はしてきたはずです。

近い過去を振りかえってみても、戦後の桑原武夫の「第二芸術論」以来、日本的なものは抹殺し、すべからく西洋に学べなどと言われたりして、短歌が日本の本来の歌から遠く離れたものになりつつあるのも事実です。そこには外国語の氾濫や口語体がはいってきて、短歌の文体がぐらついているのです。「短歌作法」が求められるのは、そのような混沌のなかの危機感の現れではないかとも思われます。

私のこれからかく「短歌作法」も、そういう危機感を持ちながら、単なるハウツー物ではない、真の短歌とは何かを求め、未来にむかって開かれたものでありたいと願っています。

新しい短歌はいかにあるべきか、何が新しく、何が真実であるか、何が姿正しい短歌であるか、そういうもろもろのことを探る前に、まず短歌の成り立ちについて考えてみたいと思います。

短歌の源流にふれなければ、その姿の正しさや、本当の魅力がわからないと思うからです。

短歌は、和歌の一ジャンルです。和歌は倭《わ》歌とも記され、大陸の漢詩に対する日本民族固有の歌ということで、「からうた」に対する「やまとうた」ということです。この「から」を意識する以前は単なる「うた」で、その起源は、『古事記』に於ける伊邪那岐命《いざなぎのみこと》、伊邪那美命《いざなみのみこと》の言問《ことと》い、「あなにやしえをとめを」「あなにやしえをとこを」の唱和に原型が求められます。いわゆる「和《こた》え歌」であると言われる所以です。それが、次の、

　にひはり　筑波を過ぎて幾夜かねつる
　かかなべて夜にはここのよ　日にはとをかを

という日本武尊と酒折宮《さかおりのみや》の火焼《ひたき》の翁との唱和のような片歌となります。「にひはり」は地名で、「かかなべて」は、「日々並べて」の意、つまり日数を重ねてということです。このような片歌が次第に短歌や、旋頭歌《せどうか》、仏足石歌《ぶっそくせきか》、長歌の形に移ってゆくのですが、長い歴史のあいだに、短歌の形のみが、ひとり生き残ってきたのです。

　短歌という小さい形や調べが、日本語の音節に合っていたのでしょうし、又、日本人の気質に合っていたのでしょうが、この短歌形式の成立のわけを探ってみますと、私達の祖先が共有のものを持とうとするねがいを基盤にしているというのです。これは太田善麿著『古代日本文学思潮論』によるのですが、これを私なりに探ってみることにいたします。

八雲《やぐも》立つ　出雲八重垣《いづもやへがき》
妻ごみに　八重垣作る
その八重垣を

『古事記』『日本書紀』

これは、素戔嗚尊《すさのおのみこと》の歌で、五句三十一音の短歌形式を持っています。短歌として最も古い作品と言われ、短歌のことを後世、「八雲の道」とも言われるようになったのはこの歌詞にもとづいています。

素戔嗚尊が、八岐《やまた》の大蛇《おろち》に食い殺されようとした櫛名田媛《くしなだ》を救って妻とし、新婚の宮殿をつくられようとした時、その地から雲が立ちのぼり、妻をこもらせるように幾重にも垣を作ったというのです。

神話の時代に、すでにこのような短歌形式が成立していたかどうか、後の時代のものであるかも知れませんが、新婚の家造りのよろこびを共有するには、短歌が必要であったからに違いありません。言いかえれば、日本全国の人にわからせるには短歌が必要であり、短歌形式をもって初めて可能だったということです。

それは万葉集の東歌や防人の歌に、方言が使われていることをみても、短歌形式が日本全国共有の役割を果したということがわかります。ここに、私達の祖先が、短歌形式を生み出した智慧や願いがあろうかと思われます。

もうひとつ、太田善麿説によりますと、このように、三十一音というこの詩型の規定は、自他共有の条件を確保しているのみならず、この五七五七七の調べは、ただ放埒にのべるのではなく、おのずからそこに人間性を陶冶するものがあるのだと言います。つまり、動物的な感動という衝動を人間的なものに転換する働きが、この三十一音にはあると言うのです。本居宣長が、歌は情をととのえるものだと言っているのもこのことで、ここに短歌のもつ秘密がありそうな気がします。

男女の愛の言葉にしても、短歌はなまの衝動をぶつけるのではなく、節度ある発想がなされてきたということです。たとえば、次の東歌、

子持山《こもちやま》若かへるでのもみつまで寝もと吾《わ》は思《も》ふ汝《な》はあどか思ふ

『万葉集』巻十四・三四九四　作者不詳

この歌の内容は、エロティックなものですが、三十一音の形式にのせることによって、露骨ではなく、人間的なものに昇華されています。ここにも、私は日本の先人達の智慧をみるので

す。

それともう一つ、太田善麿説によると、短歌形式の素晴らしさは、我々の祖先が、何でもない人達に詩を与えてくれるということです。外国では、芸術家や詩人と言われる特殊な人でなければ詩を書きません。しかし、日本では、遠い千三百年余の昔から、何でもない普通の人達に創作活動が許されて来たのです。これは世界史上未見の事柄だというのです。

このような短歌の成り立ちを、短歌作法の序章としてまずかいておきます。

三十一音の意義

「短歌とは何か」と問われれば、まず「三十一文字《みそひともじ》」または「五七五七七の五句三十一音の定型詩」だと答えるでしょう。前にもかいたように、この短歌形式は、私たち祖先の長いあいだの願いや智慧によって生まれ、千三百年余もの長きにわたってうたいつがれてきた不思議な詩型です。

身分の高低にかかわらず、誰しもが平等に与えられた詩型です。天皇だからといって、余分に言葉が与えられるわけではありません。

古今集の仮名序の紀貫之の「生きとし生けるもの、いづれか歌を詠まざりける」の言葉や、本居宣長の「生きとし生けるもの情をそなへたるものは、その情をのぶる所なれば、歌詠まなくてはかなはぬもの也」の言葉をまつまでもなく、人間として生まれ、人間らしく生きる限りは、歌を詠まなくてはいられない情というものがあります。まして、人は一人では生きてゆけるものではなく、そのもろもろの情をわかちあい、思いを共にしようという願いがあります。

中国の『礼記《らいき》』によれば、礼は詩であると言います。たとえば、人の亡くなった悲しみを嘆くのに、ただ秩序なく泣きわめいていては、悲しみを鎮めることも、悲しみをわかつことも出来ないのです。そこに喪を哭するという工夫が求められ、その工夫が礼であり、人は悲しみをととのえ、わかち、悲しみから救われることが出来るというのです。この礼が即ち詩であるというのです。ここには、もろこしの聖人の深い智慧があると小林秀雄は言っています。

悲しみや喜びという人間の情は、もともと、不安定なものです。その不安定な情をととのえ、秩序あらしめてゆく礼が、詩、即ち歌なのです。ですから、この短歌定型を守ること、短歌定型に情をかなえてゆくことが、人と情をわかち、人にその情をよりよく感じてもらう礼であるわけです。

その意味で、三十一音律の短歌形式は尊いのです。従って、短歌の作法も、つまりはその情のととのえ方、礼にあると言えるのではないでしょうか。

石川啄木が、「歌といふ詩型を持つてゐることは我々日本人の少ししか持たない幸福のうちの一つだ」と言っていますが、事実、短歌は日本人の誇りとすべき詩型だと言えますし、大いなる財産だと言えるのではないかと思います。

そんなわけで、国歌が短歌であることは、当然のことです。最近、卒業式シーズンには必ずといってよいほど、国歌の斉唱の是非が問題になるのですが、意外に、国歌が三十一音の短歌であることを知らない人の多いのにおどろきます。

「君が代」にアレルギーを起こす人も、もろもろの時代的な垢をふり落し、原点にかえるとき、「君が代」は、人から人への無垢な祈りの歌だと気づくのではないでしょうか。北九州大学教授の荒木博之氏の説では、「君」は天皇を指すのではなく、不特定多数の人のことで、その長寿を祝い祈る礼の歌だというのです。

君がよは千代にやちよにさざれいしのいはほとなりて苔のむすまで　詠み人知らず

古今集には、初句の「君がよは」が、「わが君は」となっていますが、この歌は「詠み人知らず」として収められていますから、その時すでに古歌であり、多くの人の口に膾炙されてきたと思われます。

ともあれ、この歌を五・七・五・七・七の五句にわけてみます。

きみがよは・ちよにやちよに・さざれいしの・いはほとなりて・こけのむすまで

となります。「さざれいしの」は、五音のところを字余りで六音となっています。この五句の初めの五音を短歌では第一句、または初句と言います。次の七音を第二句、次の五音を第三句、ここまでの五・七・五を上句と言います。
次の七音を第四句、終りの七音を第五句、または結句とも言い、この七・七を下句と言います。
「きみがよは」と起こし、「ちよにやちよに」と承《う》けて、「さざれいしのいはほとなりて」と転じ、「こけのむすまで」と結んでいます。このように、無秩序な人の情が言葉を求めることにより、秩序を持った形ある歌になるのです。

ここにごく初心の人の作があります。まだ十分に情がととのえられず、歌に至っていないメモと言ってもいいものです。

　深々と雪に埋もるる水仙を哀れと幼はスコップ持ちて近よりぬ

これは、幼子が雪に埋もれた水仙を可哀そうだと言って、その雪を払おうとスコップをもって近寄って行った、というそのやさしさに感動して詠んだものです。しかし、これでは、その詠嘆の情が混沌としています。甚だ無秩序で、散文の段階です。これを上句をそのままにして、五・七・五・七・七の短歌の律にととのえてみましょう。

深々と雪に埋もるる水仙を哀れといひて幼寄りゆく

歌はこれだけでよいのです。このばあいは、スコップを持って近寄るという小道具はかえって邪魔です。単なる叙事報告に過ぎなくなります。

短歌の形式は小さいだけに、散文のようにいろいろのことが言えません。不自由ですが、それゆえにこそ、不要のことは言わなくてすみます。想像を働かせる余情というものが生まれて来ますしおのずから純化されてくるのです。ここに人間性の陶冶があり、アリストテレスの詩学に言うカタルシスの働きがあるのです。

三島由紀夫は、「歌舞伎俳優は自由であるが新劇俳優は不自由である」と言いましたが、それは歌舞伎の型のある尊さを言ったわけです。型があるから、無限の自由さがあるということです。

このように、短歌の五・七・五・七・七の形式は、決して不自由なものではないのです。短歌はまず、形《かたち》に於てととのうことが大切です。これは、格に入って格を出るということです。

国技の相撲でも、あの型が崩れるともう駄目でしょう。二十一世紀に入ろうとする時代に、大銀杏の髷をつけているのはおかしいとか、行司もジーパンで闊達に自由にやればよいとか言って、あの形を崩せば、相撲はたちまち衰微していくでしょう。型があるから、相撲は見てたのしいし、長くつづいていくのです。

それとおなじように、短歌も五七五七七の三十一音の不変の型があったからこそ、千三百年余もつづいてきたと言えるでしょう。

自由律はまちがっているとは言いません。自由律には自由律独自の別途の存在価値があるでしょう。しかし、短歌はまず、三十一音の形を調えることから出発するべきです。形が調ってはじめて、言葉が生きて働いてくれるのです。短歌の言葉の無限の磁界は、三十一音の形から生まれてくると言ってもいい過ぎではありません。

歌の格・句切れ

その一

外山滋比古著『省略の文学』の冒頭に、詩のことについてふれ、「詩が句読点をぶらさげたりしているのは醜態である。さらりと丸腰とはいかないものかと思う。ことに、一語一語ごていねいに切れているヨーロッパ語の句読点がくっついているのはいかにも目ざわりである」とかき、さらに、

「俳句や短歌が句読点をつけないことはもうすこし注目してよいように思われる」

とかいています。最近では短歌でも句読点をやたらに入れた作品が目につきますが、外山滋比古氏が言うように、本来、短歌は句読点のないものであり、そこに短歌のもつ一つの特色があるとも言えます。

しかし、短歌にはその句読点にかかわるものとして、句切れというものがあります。この句切れを用いることによって、短歌は多角的な表現をとることが出来るのです。句切れとは、言

葉の意味を切ることです。外山滋比古氏はやはり『省略の文学』で、この句切れについて、「切れば言葉に間ができる。沈黙である。これは決してたんなる表現の欠如ではない」と言っています。また俳句における切れ字（言い切る語、かな・や・ぞ・けり・なむなど）は句読法ではなく、修辞法として考えられるべきだと言います。つまり、切れ字は言葉なき歌をうたわせることであり、短歌における句切れもその意味ではおなじだと言えるのです。

ここでいくつかの基本的な句切れの型についてみてみます。

句切れのない歌（五七五七七）

石走る垂水《たるみ》の上のさ蕨の萌え出づる春になりにけるかも　志貴皇子

くれなゐの二尺伸びたる薔薇の芽の針やはらかに春雨の降る　正岡　子規

歌人《うたびと》の竹の里人おとなへばやまひの床に絵をかきてあり　長塚　節

右の歌のように、途中で切れず、一首が一つの文章として完結している歌を言います。歌の流れが初めから終りまで切れることなく続いているこのような歌を正常な歌の基本形だとする説もあります。斎藤茂吉は、「のべつ調」「直押調《ひたおし》」などと言っていますが、その特長をおもしろく表現していると言えます。一首におのずからなる流動感がともなうのです。しかし、このように句切れなく詠み下したものは、時に、一本調子になり、いわゆる棒詠みになることがあります。例えば、

佐渡に住む九十五歳の恩師より遊びに来よとの便り届きぬ

のようになると、散文を三十一文字に切り取ったようなうらみがないとは言えません。一首に、強弱も焦点もなく散文調で、句切れのない歌のむつかしさと言えましょう。

初句切れの歌（五・七五七七）

海恋し潮の遠鳴りかぞへては少女《をとめ》となりし父母《ちちはは》の家　　与謝野晶子

右は人口に膾炙して、堺の生家跡には歌碑にもなっている歌ですが、第一句で切れています。このような歌を初句切れと言います。初句切れは頭重《とうじゅう》になりやすいのですが、この歌は「海恋し」の抒情性が、つぎの「潮の遠鳴り」へ、しぜんに引きつがれていて何とない牧歌的な味をみせて成功しています。

晶子の歌はまた、

春みじかし何に不滅の命ぞとちからある乳《ち》を手にさぐらせぬ

のように初句切れが比較的多くみられるようです。しかしこの歌のばあいは、「春みじかし」が、やや唐突ですし、観念的なので、初句切れとしては、成功しているとは言えないようです。短歌をはじめたばかりの人が、与謝野晶子の歌にあまり親しみすぎているために、無意識のうちにこの初句切れを作る人がいます。「運動会」「五月晴」「昼下がり」などの名詞や「風はげし」「海青し」など形容詞の終止形を初句においてしまうのです。

初詣で氏子の供へし鏡餅の小さきがあまた広前にあり

右の歌は、「初詣で」の初句が、「この歌は初詣でのことなのですよ」という詞書のようになってしまっています。ここでは、字余りでも、「初詣での氏子ら供へし鏡餅」とするか、

氏子らの供へし小さき鏡餅うづたかくあり初詣での宮

とでもするべきでしょうか。また、

雨あがり三人乗りの自転車の過ぎゆくところぱつと日は射す

この歌の場合は、初句の「雨あがり」が結句までゆきわたらず、「雨あがりのことなのですよ」と説明で終っていて、舌足らずの感じが否めません。やはり「雨あがりて」「雨のあがり」「雨あがりを」とでもする方が字余りでも自然です。

このように、初句切れは、一首の結論づけを初句でしてしまうので、よほどの作歌力がないと歌の興味を結句までつなぎ止めることがむつかしくなります。従って、どうしても歌の頭が重くなり、歌のすわりを軽くします。つまり、正岡子規のいう「頭重脚軽」の歌になるのです。

斎藤茂吉は、『作歌実語鈔』で、

「頼もしな君きみにます時にあひて心の色を筆に染めつる」の如くに、初句から、「頼もしな」などと置くのは歌調としてはあまり感心せないものである。即ち、一首が頭重となり頭がちになるがためで、これも一つの定跡と考えることが出来る。

と言っていますし、頴田島《えたじま》一二郎著『作歌はじめのはじめ』をみますと、長塚節歌集『鍼の如く』二百三十一首の中には、初句切れは、一首もないということを紹介したあとで、正岡子規の教えとして、次のようなことを書いています。

短歌は第一句に力が入ってはいけない。重くなってはいけない。だから短歌一首で述べたい重大なことを、第一句から切り出すようでは成功しない。第一句で言いたいことは第二句へ、第二句で言う順序のものは、第三句へと、重大なことほど、順次あとから述べるようにする。

と、これも、作歌の原則の一つでしょう。

先に書いたように、初句切れはおおむね歌の頭を重くしますが、初句切れでなくとも、頭を重くした歌、つまり意味をこめた強い言葉を初句に置くことも考えものです。

たとえば、初句に「苦しみの葉」とか、いきなり「文学は」などと持ち出した歌を、短歌総合誌のなかに見かけますが、これなども「頭重病」の一つとみていいでしょう。西洋の諺に、

「頭《ず》を高く上げるな、入り口は低い」

というのがありますが、これも短歌のうたい出しの心得に通じる言葉でしょう。物事には順序

があり、芸事には「序破急《じょはきゅう》」があります。この基本を踏まえることが作歌には殊に大切です。

その二

短歌の形式には句読点がなく、五句三十一音が一つの情緒をのべる独立した詩型であり、一首中に休止のないものを正式の格とすることをかきました。また、その五句を持つゆえに、歌は変化を求め、小休止、つまり句切れのある形があること、その中でまず初句切れについてかいたのですが、今回は、さらに句切れの問題についてかいてみます。

先日、毎日新聞の梅津時比古氏が、ハンガリー・バイオリン楽派という伝統ある流派を正統的に受けついでいるジョルジュ・パウク氏の言葉を、同紙に紹介していましたが、フレーズという語や、フレージングという語が出てきて、興味を覚えたので、少しかいてみます。

『広辞苑』によると、フレーズとは、「句、成句、熟語、また楽句」とあり、フレージングとは「旋律を楽句（フレーズ）に区切ること」とあります。短歌も、五七五七七という五つの句、つまりフレーズから成っているわけです。従って、句切れとは、フレージングと言ってもよいのです。

ジョルジュ・パウク氏の言葉によると、「温かい響きを求める奏法は、フレーズを大切にする音楽づくりにつながる」と言い、また、「フレージングも息をして歌うことが必要です。ところが息をしないで弾く人がいるので、私はまずフレーズを口で歌うことをすすめています」と言っています。

梅津時比古氏は、このジョルジュ・パウク氏の温かい音と人間的な音楽は、

「最近のバイオリン界を席捲するメリハリの強い響きとは対照的だ。この楽派が貴重なものになりつつあるところに、現在の音楽が抱える重要な問題があるのではないだろうか」

とかいています。

ジョルジュ・パウク氏が最近の音楽の行き方を、「音が固く、攻撃的ですね。（略）バイオリン本来の音の美しさが失われているのです」と言っているのは、わが短歌界にそのまま当てはまると思ったことでした。

私のここにかいてゆく句切れについては、いわば短歌作りのごく基本的な定跡ですが、それはこのジョルジュ・パウク氏のバイオリンのフレージングに通じる、人間的な息つぎにほかなりません。

二句切れの歌（五七・五七七）

我が夫子《せこ》が来《く》べき宵なりささがねの蜘蛛の行ひ今宵著《しる》しも

『日本書紀』「允恭《いんぎょう》記《き》」衣通郎姫《そとほしのいらつめ》

痛足《あなし》川川波立ちぬ巻目《まきもく》の由槻《ゆつき》が嶽に雲居立てるらし

『万葉集』巻七・一〇八七　柿本人麿歌集

武蔵野を人は広しとふわれはただ尾花分け過ぐる道とし思ひき　田安《たやす》宗武《むねたけ》

信濃路はいつ春にならん夕づく日入りてしまらく黄なる空のいろ　島木　赤彦

秋の空ふかみゆくらし瓶にさす草稗《びえ》の穂のさびたる見れば　古泉　千樫

天地《あめつち》はすべて雨なりむらさきの花びら垂れてかきつばた咲く　窪田　空穂

六首あげましたが、このように第二句までで一つの現象や思いをのべて、三句以下で改めてその思いの裏付けや推量、また異なる思いなどをのべる形です。

右の例歌の「痛足《あなし》川」の歌では一、二句で眼前の光景を見ています。ここで一休止して、三句以下では、見えていない大きな光景を想像しているのです。眼前の小さな川波から、大きな景への移行が、この二句切れの間隙によって効果をあげ、一首が複眼的な構成をもって、荘重なびびきをかなでています。

次の「武蔵野を」の歌は、第二句までで、人の通説を言い、三句以下では、それとは違った自分の思いを実感に即してのべています。また四首目の「信濃路は」の歌は、先の「痛足川」の歌とは逆に、一、二句でいつ春になるだろうという思いを言い、間《ま》をもたせて三句以下で眼前の景を叙しています。

この二句切れは古歌に多く、万葉調とも言われています。二句で間をもたせて転調していく呼吸がいいわけです。たとえば、

生くることに飽きたる如き九十歳の姑は車椅子にあくびをなせり

という一首を、二句切れにして、

生くることに飽きたる如し九十の姑《はは》は車椅子に大きあくびす

と二句で切れば、一、二句の思いが、句切れをおくことにより弾みをもって第五句の「大きあくびす」にかかり、あくびがよりクローズアップされます。

若き日を過ごしし街を訪ね来てゆくりなく聞く佐原囃子を

の歌も、二句で切った方が、一首に張りが出ます。

若き日を過ごしし街なり訪ね来てゆくりなく聞く佐原囃子を

「街なり」と切っただけですが、そこで間をもたせたので一首が立体化し、かつ街と佐原囃子が一体化して囃子が聞こえて来そうではないでしょうか。

しかし、二句切れは、初句切れについで早く切れるわけですから、三句以下と自然な結びつきがないと、緊張感がなく、難解になります。たとえば、

ガジュマルの根は深みゆく昼と夜との魚のなみだに海はみたされ

の一首は、二句で切れていても、三句以下がこのようにこじつけたものになると、一首の印象の統一がそがれる危険性があります。

また敢えて二句切れにしない方が、一首がのびやかに決まる歌もあります。

白球を追ひし少女期思ひ出を包みゐるがにライラック咲く

右は二句切れですが、三句以下で、一、二句の思い出がうたわれているわけでもなく、ライラックの花に一首の主題が移っています。従って、一、二句の「白球を追ひし少女期」が忘れ去られ宙に浮きます。ここは二句で切らず、

白球を追ひし少女期の思ひ出を包みゐるがにライラック咲く

と追って行った方が、一首の焦点がきまりますし、この歌の思い出の内容が示されて、一首にふくらみが生まれます。

その三

三句切れの歌（五七五・七七）

今日では耳なれない言葉となってしまいましたが、かつては短歌を、「腰折れ」というふうに言っていたようです。たとえば、「腰折れをたしなんでおります」という具合にです。

『広辞苑』で「腰折れ歌」をみると、

和歌の第三句すなわち腰の句と第四の句との間の続かない歌。転じてへたな歌。また自分の作歌を謙遜していう語。

とあります。また「腰折れ文」というのもあって、歌だけでなく、下手な文章にもつかわれます。

『広辞苑』のこの説明をよむと、古来、歌人達が作歌の上で苦しんできたところが、歌の第三句から第四句へのつづき具合、即ち腰を折らないで詠むというところにあったことがわかります。

この言葉が、いつ頃の時代から言われるようになったのか、それは三句切れが多く用いられるようになってからではないかと思われます。今回述べようとする三句切れは、万葉集には比較的少なく、平安期以後、好んで用いられています。

これにより、上《かみ》の句、下《しも》の句という唱え方も生まれましたし、百人一首の遊びも生まれました。また、それが連歌・俳諧へと流れ、俳句が独立するというわけですが、私の郷里、香川県観音寺市は、山崎宗鑑《そうかん》終焉の地で、宗鑑のいた一夜庵があります。山崎宗鑑は室町後期の連歌師で、俳諧の祖と言われていますが、この宗鑑の付け句に、

「それにつけても金の欲しさよ」

という有名な句があります。女学生の頃、これを先生から教わり、三句切れの歌の下の句にして面白がったものです。たとえば、

見渡せば花も紅葉もなかりけり浦のとまやの秋の夕暮　藤原　定家

清水《きよみづ》へ祇園をよぎる桜月夜今宵あふひとみな美しき　与謝野晶子

などの歌を、上の句はそのままにして宗鑑の右の付け句を下句におき、

見渡せば花も紅葉もなかりけりそれにつけても金の欲しさよ

清水へ祇園をよぎる桜月夜それにつけても金の欲しさよ

という具合にです。さすが宗鑑だけあって、諧謔味があり、そこに思わぬペーソスが醸し出されるのに感心したりしたものです。つまり、ここにも三句切れの歌のむつかしさがあるということでしょう。

作家の秦恒平氏も、三句切れの歌についてふれ、三句で歌の力が終っている場合が多いと言

っています。例えば、先の与謝野晶子の歌も、

　清水へ祇園をよぎる桜月夜

だけで、よいではないかと言い、また、

　夕顔の苗売りに来し雨上り植ゑむとぞ思ふ夕顔の苗　　正岡　子規

の歌も、「夕顔の苗売りに来し雨上り」の俳句でよいではないかと言うのです。晶子の歌も子規の歌も、一首通してよめば、また違った味わいはあるものの、秦恒平氏は、上の句だけで完成された俳句となっていて、下の句の七・七に歌としての力がなくなっているのではないかというわけです。

短歌と俳句の持味はそれぞれ違いますので、一概には言えませんが、こういう意見が出るのも、三句切れの持っている問題点であると言えましょう。特に、上の句が名詞で切れる場合は、俳句切れと言って、下句へつながりにくく、腰折れになりやすいようです。

　暑かりし夏をさらひてゆく雷か虫が音しげき夜にとどろく

右の歌なども、俳句では季重《がさ》ねということはありますが、上の句だけでもよさそうです。上句の「雷」と下句の「虫」の二つの音が内容的に均衡を保ちすぎていますし、「虫が音しげき夜」には、すでに秋も深まっている感じがして、「暑かりし夏」からはなれてしまいます。これでは、上の句が生きないので、この歌は三句切れとせず、

暑かりし夏をさらひてゆくごとく雷《らい》とどろけり八月の尽《じん》

とでも単純化すれば、焦点が決まって一首がすっきりとするようです。

斎藤茂吉は『作歌実語鈔』で、第三句切れの歌は、どうしても尻軽で落ちつきがわるく、短歌の定跡としてはあまり奨励すべきものではないとしながら、次の、

吾妹子《わぎもこ》をいざみの山を高みかも大和の見えぬ国遠みかも　『万葉集』巻一・四四

み吉野の玉松が枝は愛《は》しきかも君が御言《みこと》を持ちて通はく　『万葉集』巻二・一一三

の万葉歌をあげ、

「国遠みかも」と繰返して調子を取つて居るか、「持ちて通はく」といつた、重く、堅い語

で結んで居るのである。それゆゑ、尻軽ではなくなつてゐる。また、これ等の第三句の「かも」といふのは、休止が小さく、第四句へ連続するのに手間がかかつても居らぬのである。つまりこの「かも」は、「よひに逢ひてあした面無《おもな》み名張《なばり》にか日《け》ながき妹が廬《いほり》せりけむ」の第三句の、「にか」に通ふほどに、休止が小さいのである。そのために第三句切れの理由が存在する。

と言っています。

つまり、第三句で切ってもその休止の間合いが問題で、その息つぎを小さくすることによって、歌の流れをとめず、上句と下句の緊密な一体感が得られるというのです。

ここで何首か、三句切れの手本ともいうべき歌をあげてみます。

月よみの光を待ちてかへりませ山路は栗の毬《いが》の多きに　良寛
おり立ちて今朝の寒さを驚きぬ露しとしとと柿の落葉深く　伊藤左千夫
みづうみの氷は解けてなほ寒し三日月の影波にうつろふ　島木赤彦
ふるさとの尾鈴の山のかなしさよ秋もかすみのたなびきてをり　若山牧水
風脚《かざあし》にしらじらとなびく若葉山うつぎの花はすぎにたるらし　土田耕平

日の暮れの雨ふかくなりし比叡寺四方《よも》結界《けっかい》に鐘を鳴らさぬ　中村　憲吉

牡丹花は咲き定まりて静かなり花の占めたる位置のたしかさ　木下　利玄

これらは何れも上句と下句が微妙に響き合って効果をあげています。

その四

疎句・親句の歌

三句切れの問題点をあげましたが、三句で切った場合は、四・五句、つまり下句へと続く呼吸がむつかしいということです。

名歌としてあげた歌は、その点、いずれも下句への呼吸が自然で、歌の視点が下句に移っていることがわかります。例えば、

みづうみの氷は解けてなほ寒し三日月の影波にうつろふ　島木　赤彦

の歌は、一応上句で完結しているようですが、実際は作者の視点は下句に移っています。作者

の目は、三日月の影が波にたゆたっているところに向けられています。この下句の実景から生まれた感慨が、上句で、歌の下句は上句に返って一首は円環しているのです。

おり立ちて今朝の寒さを驚きぬ露しとしと柿の落葉深く　伊藤左千夫

この歌にしても、下句に具象化があり、視点が移っています。そのために腰折れにならず、緊まった歌になっているということです。

しかし、上句と下句が全く関係なく歌われたものもあります。

あかあかと一本の道とほりたりたまきはる我が命なりけり

たたかひは上海に起り居たりけり鳳仙花紅く散りゐたりけり

二首とも斎藤茂吉の歌ですが、これらは上句と下句の内容が、異質のもので構成されています。このように上句・下句の関わりの薄いものを、「疎句」の歌と言います。これと反対に、上句・下句が密接な関係にあるもの、つまり同質のものを「親句」と言います。

本来、歌は親句でなければならないのですが、茂吉は時としてこのような疎句の歌を作っています。しかし、この二首などは、異質ながら上・下句が微妙にからみあって独特の雰囲気を出していますし、多くの人の口の端にのぼった有名な歌でもあります。しかし、やはり、どこかに作為が感じられないでもありません。

茂吉はさらに次のような疎句の歌を詠んでいます。

ひさかたの光に濡れて縦《よ》しゑやし弟は無常を感じたるなり
電灯の球《たま》にたまりしほこり見ゆすなはち雪はなだれ果てたり

一首目の「縦しゑやし」は、まあいいさという意味ですが、なぜ「弟」がここに出現するのか、「無常を感じたるなり」と言ったところで、作者だけの観念にすぎず、読者とは無縁です。二首目は、上句で「ほこり見ゆ」と言い、それを受けて下句でいきなり「すなはち雪はなだれ果てたり」と言っても、作者だけの感覚で、読者の心にまで沁みてきません。

茂吉は師の左千夫の顰蹙《ひんしゅく》をかいながら、また自分自身もあとで乱調の時であったと反省しながら、時としてこういう疎句の歌をつくりました。茂吉といえども、愚作は愚作と言うべきでしょう。

土屋文明は、『短歌入門』の「歌格」の章に於て、短歌一首は一情緒の生起進行に並行して考へられるのであるから、中途に休止のない形が本来であるべきことは、その史的展開を通観することによつて、既に古人が明らかにした通りである。小休止を要するのは発声の整理上の要求と、情緒の進行に幾分の緩急動揺があるといふ二つの理由によるのであらう。これによつて情緒に伴はれる観念内容相互間には複雑な連合関係が成立する。けれども此の休止は決して情緒の進行を中断しないだけの小休止でなければならない。若しこの休止が情緒の進行を中断し、即ち二つの情緒過程を一首中に含むやうになれば、その二つの過程間の関係が一首の効果に顕著に現はれるやうになり、それを統一するには理知の力を借りなければならないから、従つて短歌一首の効果は著しく理知的に傾いて来る筈である。――中略――短歌の形式が崩壊して発句形式が成立したのも、此の抒情を捨てて理知に傾いたといふ時代の精神を考慮すれば極めて自然に理解され、又、かくして成立した発句が短歌よりも一層短いといふ点から言へば、一層抒情的になつて然るべきに、反つて短歌よりは遥かに理知的なものとして発達したといふことも、此の間の消息をうかがへば直ちに理解されることであらう。

と言っていますが、短歌の疎句の問題を理論的に突いているということが出来るでしょう。

つまり、疎句の歌は、抒情とはちがった理知の働きを待たねば鑑賞出来ないと言うことです。このことは、現代の科学文明の世の中にあっては、なおさら顕著になってきています。第二芸術論以来、前衛短歌の生まれたのもこういうことからで、その代表的な歌人の歌を一首あげてみます。

紅花挿して後架の出窓明るめり鼻血もはるかなるおもひでぞ

この破調の歌も、上句と下句の自然な結びつきはなく、「鼻血もはるかなるおもひでぞ」と言っても、判然としないものがあります。総合誌で作者の自解をよんで、なおさら解らなくなった歌です。

このような難解な歌が歌壇で大きく扱われることについて、歌人で医学博士の江畑耕作氏は、「歩道」誌で次のように言っています。

複雑な機械文明と多様化した情報の社会に生きる現代の青壮年や少年少女の大脳は、知性脳のみが発達肥大したため、情動脳の機能を抑制して多かれ少かれ「失感情症」の状態に陥つてゐる。さうした人達には、日本古来の抒情の持つ手作りの味（土着やお袋の味）は最早うけ入れられないし、又わからないであらう。彼等がうまいといふのは、情動脳の働きを伴はないで、知性脳の中で大量生産される抒知詩といふ定食にちがひない。私が彼等に望みたいのは、かうした定食に早く絶望して、手作りの味を求めるやうになることである。

と言い、前衛短歌は、初めから理智が働いて、ただ知性脳のなかで感情を伴わずに作られたものだと言っているのです。

こういう風潮は、新古今時代にもあって、藤原定家は親句の歌より疎句の歌がいいなどと言い、一時期、難解歌の横行をみたようです。現代は、それがさらに輪をかけ、ほとんど情動脳の働きを伴わない難解歌が、多くの賞を受ける時代に迷い込んでいます。

老いてなほ艶とよぶべきものありや　花は始めも終りもよろし　斎藤　史

この一首もやはり疎句というべきものですが、最近もてはやされている歌です。しかし、どこか強引さがあり、沈潜したやさしさのようなものがない気がします。

かつてわれ水面を青しと思いしがひとりの他者へ傾くこころ

これは総合誌の賞作品のなかの一首ですが、やはり観念が先行した疎句の歌で、上句下句の結びつきが粗く自然さがありません。つまり、短歌はあくまでも情動脳の働きをともなった親句の歌が自然です。

その五

四句切れの歌（五七五七・七）

万葉集のなかから四句切れの歌をあげてみましょう。

たまきはる宇智の大野《ぬ》に馬並《な》めて朝踏ますらむその草深野《くさふかぬ》『万葉集』巻一・四　中皇命《なかつすめらみこと》

斎藤茂吉は、『万葉秀歌』で、この歌について次のように鑑賞しています。

一首は、豊腴にして荘潔、些の渋滞なくその歌詞を完うして、日本古語の優秀な特色が限りなくこの一首に出てゐるとおもはれるほどである。句割れなどといふものは一つもなく、第三句で「て」を置いたかとおもふと、第四句で、「朝踏ますらむ」と流動的に据ゑて、小休止となり、結句で二たび起して重厚荘潔なる名詞止にしてゐる。

茂吉のいうこの「結句で二たび起して云々」というところが、四句切れの鍵になるところで、ここに四句切れのむつかしさがあるのです。

右の万葉歌では、四句までで、馬を並べて踏んでいる状態をいい、結句で一歩突込んで、踏んでいる場所を言っています。そうすることによって、情景をより大写しにして読者の眼前に草深い野を引きよせる働きをしています。

大いなる人がてがみの仮名文字はとどこほりなし筆太にして　　岡　麓

右の歌は「豊太閤の書状」という詞書のついている一首ですが、やはり第四句までに、書状の仮名文字の印象を一息にのべ、先の万葉歌とおなじく第四句を「とどこほりなし」と、流動的に据えて、一段落させ、結句で、ふたたび起こして「筆太にして」と具象化して納めています。この結句によって、印象は一層鮮明に確かなものとなっているのです。

寂しさに秋成が書読《ふみ》みさして庭に出でたり白菊の花　　北原　白秋

右の歌も、四句で切り、結句で、まったく異質なものを言い起こしているようですが、そうではなく、寂しさを秋思であるとすることで、白菊でなくてはならないものがあります。秋の寂しさを一たん四句切れとして打ち出し、結句で、「白菊の花」と具象化して強調していて、違和感がありません。

これらの四句切れの歌をみてきますと、四句で切るとは、ホップ・ステップ・ジャンプの、そのジャンプの前の一呼吸に当たるように思われます。

街をゆき子供の傍を通る時蜜柑の香せり冬がまた来る　木下　利玄

この歌では、「蜜柑の香せり」で切り、結句で「冬がまた来る」と別の事を言い起こすことにより、季節の訪れへの飛躍がなされています。ここにもホップ・ステップ・ジャンプがあります。

ところが、尾山篤二郎は『短歌論攷《こう》』の中で、

うす紅《べに》に葉はいちはやく萌え出でて咲かんとすなり山桜花　若山　牧水

の有名な四句切れの歌を、次のように言っています。

「この歌などは四句倒絶にしないで山桜花を第四句の初に据ゑて救ふべきであらう」と。

つまり、四句切れに疑問を投げかけているのです。四句で切らないとすると、

うす紅に葉はいちはやく萌え出でて山桜花咲かんとすなり

となり、句切れのない平叙体の歌となります。

牧水の右の歌は、歌集『山桜の歌』に収められた「山ざくら」と題する一連二十三首の中の一首で、二十三首中、十五首が、結句を「山桜花」また「山ざくら花」と納められています。牧水は連作意識が働いて、結句を「山桜花」としたのかも知れませんし、山桜は葉が先に萌え、ついで花が咲くので、その経過を順を追って畳み込みたかったのかも知れません。

しかし、尾山篤二郎の言っていることを読むと、これはこれで味のあるもので、うべなうものがあります。「山桜花」を結句ではなくもう少し早く出した方が、読者に親切だと思われるからです。また、読み下してみて、初句から二句へ、二句から三句へ、三句から四句へ、そして四句から結句へと自然な流れがあり、敢えて、四句で切る必要がないとも思われます。歌のむつかしさは、こういう所にあるといえましょう。

では、初心の人の作はどうでしょうか。

丸き頬なほ丸くしてみどり児のミルク飲みをり朝光の中

この歌もみどり児のミルクの飲み方を四句までで叙し、一休止させ、結句を「朝光の中」と言い起こしています。「朝光の中」が四句までの背景、つまり絵でいえばバックとなっているのです。子供達の描く絵は、十分にかきたいものを描かず、バックを塗って事足れりとしがちだと言いますが、この歌にもそんな物足りなさを覚えるのです。

「朝光の中」が、みどり児のミルクの飲みぶりに、清々しさを感じさせる働きはあるのですが、少しきれいに仕立てようとしている作為もなきにしもあらずです。作者の意図が、前面に出すぎているとも言えるようです。

みどり児のミルクを飲むのは、朝光の中だけではありません。もう一歩深く推し進めて、みどり児のミルクの飲み方のみを捉えてみてはどうかと思われます。

丸き頬なほ丸くしてみどり児はミルク飲みをり時にむせつつ

とでもすれば、みどり児のひたすらなミルクの飲み方が具体的に彫り深く捉えられるのではないでしょうか。遠心分離機にかけても、離れてゆきそうにない具象化した言葉を結句に据えるということです。

二句と四句で切れている歌（五七・五七・七）

春過ぎて夏来るらし白妙の衣ほしたり天の香具山　　『万葉集』巻一・二八　持統天皇

この歌は第二句と第四句で切れています。こうした二つの句切れは、調べに緊迫感や荘重感があり、万葉集に多いので、これも万葉調とも言われ、これを歌の正格とする説もあります。

このほか、短歌には、初句で切れ、また第三句で切れているもの（五・七五・七七）など、いろいろあり、五句三十一音の小詩形ながら、歌想によって多様な調べを生み出すことが出来ます。この句切れということは、歌に間《ま》をもたせることです。最近では生活が慌しく、この間《ま》のとり方が下手になってきていると言われますが、短歌でも、こうした歌の格を無視した作品が多くなっています。

しかし、芸は格を重んじなければなりません。格を重んじ、格に入り、格を出ずるということが大切で、初めから格を無視しては、斎藤茂吉のいう「お素人方《しろうとがた》」で終ってしまいます。そのためにも、この歌の形態を学んでほしいと思います。

万葉集について

短歌の源流と、句切れなどのさまざまな短歌の格についてかいてきました。これから、具体的な作法に移って行くつもりですが、その前に、簡単に万葉集についてかいておきたいと思います。

この頃では、万葉集はすでに古い化石だとか、過去の遺物に過ぎないなどと言って、追いやるむきがありますが、それは、科学文明の発達至上主義からくるもので、芸術観とは根本的に異なります。

正岡子規にしても、斎藤茂吉にしても、島木赤彦にしても、土屋文明にしても、大きな仕事をして私達に歌の道をひらいてくれた先人達は、みな、万葉集を根源とし、手本とし、つねに回帰して万葉集をひもといて来た歌人達です。

島木赤彦の逝去する三年前の歌集『太虚集』に収められた歌に、

高槻のこずゑにありて頰白のさへづる春となりにけるかも

という一首があります。この歌は、『万葉集』巻八の、

石走《いは》る垂水《たるみ》のうへのさ蕨の萌えいづる春になりにけるかも　志貴皇子

を念頭においた作であることは言うまでもないのですが、このことに関連して、鹿児島寿蔵がつぎのように言っています。

赤彦はアララギ諸同人と共に、作歌の根本精神を万葉集にもとめた。それゆえおのずから参入するところが多く、その境地への同感と語句採択とは、二、三にとどまらず、一面積極的であった。

これによっても、当時の歌人達のおおかたの志向がわかるのですが、これは必ずしもアララギに拠る歌人にかぎらず、現在私たちがいろいろのものを学んでいる詩人や歌人の多くが目標にしたのが万葉集であったことは、心をひらいて受けとめねばならないと思うのです。

斎藤茂吉は、『作歌実語鈔』で、短歌の定跡を万葉集にもとめて、

万葉集巻一の歌、出来れば巻二の歌を反覆して学べば、大体それで足りることと思ふので

ある。調べのうへからいへば、それで沢山とおもふほど立派であり、もつと忙しい人なら、巻一の歌を反覆して学んでも、それを大体の定跡と考へて好いとおもふほどである。

とかき、つづいて、

　右の定跡を体得したものは、作歌力量はずんずん伸びるし、右の定跡を体得しないものは、形態がくづれて、いつまで経つても素人の域を脱することが出来ない。つまり、いはゆる、「お素人方」の境界で、甘やかされて、独善に彷徨してゐるにとどまることになる。

といい、さらに、

　あめつちの調べとか、内在律とか、自由律とか、乃至は無法無規とか、さういふ呑気千万のことを云つてゐるのなら、定跡は何も要らぬのであるが、一たび定型に這入つて、たたきあげようと覚悟した以上は、先づ以てこの万葉調の定跡を学ばねばならない。

と、強い語調で言っているのは、やはり銘記しなければならないと思うのです。

また、伊藤博・稲岡耕二編『万葉集を学ぶ』第一集の「はしがき」に、文化が爛熟し低迷を続けるような時期にはかならず『万葉集』が顧みられ、新たな活力の供給源となったと、しばしば言われるけれども、現代の私たちにとっても「文学とは何か」「詩とは何か」という根源的な問いに対する答えを豊かに内包するものとして『万葉集』はありつづけるに違いない。

とかいています。たしかに、万葉時代は、私たちが容易に追いつけないすぐれた叙情詩が生み出された曙の時代であり、そこには、調べと、まことと、叫びの短歌の根源的な要素が見事に一体化し、花ひらき、息づいているということです。

従って、万葉集は、過去の遺物でも何でもなく、源実朝の時代、賀茂真淵の時代、正岡子規の時代などそれぞれの時代から現代へと、日々新たなる息吹きをもって生きつづけているわけです。目をひらけば、万葉集はつねにそこにあるのです。

前にもかいたように、現代は機械文明の影響で、人間の多くの頭脳はいびつになり、「失感情症」の状態に陥っているので、言葉の働きに感動する力がなくなり、自然詠などにももはや何の感興もおぼえず、頭で操作した理の歌に引かれがちです。

そういう歌を二首抜き出してみます。

那須野ならざる次元に霰たばしれり世紀末的榴散弾か
西行ファンの彼奴《きやつ》におくらむ毒杯用銘酒「澤の鳴」はござらぬか

これはある短歌総合誌に載っていた現代を代表する有名歌人の歌です。しかし、ここには歌の調べも格もなく、まったくの破調で、よんでいても息が詰まってきます。「西行ファンの彼《き》奴《やつ》」とか、「ござらぬか」というのも散文的だし、歌の内容も解読するのは容易なことではありません。

現代の歌を代表するこの二首と比較してもらうために、万葉集から二首抜き出してみます。

君待つとわが恋ひをればわが屋戸《やど》の簾《すだれ》うごかし秋のかぜ吹く　『万葉集』巻四　額《ぬか》田《たの》王《おほきみ》

み吉野の象山《きさやま》のまの木末《こぬれ》にはここだも騒ぐ鳥の声かも　『万葉集』巻六　山部　赤人

額田王の歌は、「わが」を二箇所に畳みこんで、「わたくしは、わたくしは」と恋しさをつのらせながら、簾の揺れうごくのに託して、女心の切なさを波動的に詠みこんでいます。秋に入った頃の簾のそよぎは、何となく寂しいもので、それがまた作者の心に吹き通っている歌です。歌の焦点は四、五句にあり、調べもゆたかで、女心のうごきまでわかる歌ではないでしょうか。

二首目の山部赤人の「ここだも」は、たくさんの意。こういう古語は辞書をひきさえすれば明確に解説してあります。

この一首も、よめばそのまま解る歌で、一読しただけで、吉野の象山のあたりの木の梢に、黒いほど群れて鳴き騒いでいる鳥影が目に見えるようではありませんか。群れ鳥の鳴く声まで聞こえてきそうで、何となく幼い頃を思い出してうら寂しい気になります。この歌の焦点も結句にあり、腰がきまった歌です。

先の現代歌人の歌と比較すると、やはり万葉集の歌の方が長高《たけ》く、のびのびとしていて、しぜんに心を打ってくるものがあるのではないでしょうか。歌というものは、頭で考え、解きほぐしていくものではありません。

斎藤茂吉は『作歌実語鈔』で、短歌の定跡を学ぶために、万葉集の巻一、巻二を読むことをすすめていることを先にかきましたが、出来れば、志貴皇子の歌などもある巻八まで、繰り返し繰り返し、何百ぺんでも読んでほしいと思います。知らないうちに、「お素人方」の域を脱しているのに自分でも気づくはずです。

小林秀雄もまた次のように言っています。

「万葉集はあらゆる真摯な歌人の故郷としての驚くべき普遍性をもつ」と。

歌の単純化

その一

俳人の故村山古郷氏が、かつて、

句作を大人になってからはじめる人が多く、したがって、その人達はすでに立派な社会人であり、教養もあるので、知識で俳句を作ろうとする。そのため、俳句がどうも理屈っぽくなる。つまり、俳句を含蓄の多い述懐めいた詩に作ろうとする。

という意味のことを言い、

いくたびも雪の深さを尋ねけり　子規
鶏頭の十四五本もありぬべし　子規

などのいくつかの句をみせると、「『俳句はこんなことでよろしいのですか』といぶかる。俳句を知識で作り、知識で解明しようとして、無心の味を忘れているのである」と村山古郷は嘆いていました。

このことは短歌でも同じです。というより、短歌の方が「七七」と十四音多いので、それだけ一首に意味づけをしたくなるようです。

吾はもや安見児《やすみこ》得たり皆人《みなひと》の得がてにすとふ安見児得たり
『万葉集』巻二・九五　藤原　鎌足《かまたり》

この一首は、藤原鎌足が、安見児という、世の人が容易に得がたいとする美しい女性を得た時の喜びを、率直に邪気なくうたっている歌です。無心の歌と言えるでしょう。それは「安見児得たり」を第二句と第五句で二度繰り返すことにより、単純明快、端的にそのよろこびを表していることによります。

しかし、現代の人なら、こうは単純にはうたえないでしょう。同じ言葉を二度も使っているのは、発展がないし、勿体ない。もっと何かが言える筈だとか、深く突込めるとかの批判を受けそうです。

だが、この深く突込むということが、問題です。つまり、意味をこめ、言葉を多くすると、それだけで短歌は張りを失い、卑賤になることが多いからです。

例えば、

山と空映せる朝のみづうみにいづこより来し白鳥一羽

右の歌で言えば、第四句の詮索が必要でしょうか。山と空を映している朝のみずうみに、どこから来たのだろうか、白鳥が一羽いるというのですが、厳密に言えば、白鳥がどこから来たのかという詮索が果して必要かどうか。どこから来たのだろうか、というのは、必要以上の詮索で、思わせぶりな作為が感じられます。

そして折角、「山と空映せる」と詠んだ湖面の静けさが消されます。ここでは、静かな山の湖に、白鳥が一羽浮かんでいるというだけでよいのではないでしょうか。

山と空映せる朝のみづうみに白鳥一羽動かずにゐる

とすれば朝の湖面の静けさと一体となった白鳥の姿が浮かびあがり、一首が緊まってきます。どこから来たのか、などという俗情は背後に沈めるべきです。

しかし、最近の傾向として、それでは何か物足りなく、そこに一つの味付けをしなければ、つまらないと思うようです。従って、積木のように言葉が積まれて、澄んだ音楽のきこえてくる歌はだんだん少なくなってゆくようです。

丸谷才一氏の『桜もさよならも日本語』のなかに、

日本の詩は韻律と別れ、自由詩が標準的な形となつた。このせいで単なる散文を行分けにしたものと、詩とは、素人目《しろうとめ》には見分けがつかなくなつた。

と言っていますが、この「詩」を短歌におきかえてもよいでしょう。

勿論、短歌は韻文ですが、この頃では、丸谷才一氏のいう散文化の波が押し寄せていると言っていいようです。そういう波に馴れて、言葉の少ない単純化された歌は、どこか頼りなく思われがちです。大きい声や早口言葉に馴れている人には、静かなゆったりとした言葉がまどろこしく感じられるようにです。

しかし、本来、歌は言葉がいっぱい詰まったものではありません。反対に言葉を抜くことにより、詩の空気を充満させることにあります。それゆえにこそ、詩としての飛躍がかなうと言ってもよいのです。言葉が多く詰まっている歌は、詩化されず石の船や泥の船とおなじく、沈んでしまうでしょう。

歌の単純化の大切さがここにあります。

島木赤彦は『歌道小見』の中で、

歌はれる事象は、歌ふ主観が全心的に集中されれば、されるほど単一化されてまゐります。写生が事象の核心を捉へようとするのも、同じく単一化を目ざすことになるのでありまして、単一化は要するに全心の一点に集中する状態であります。この消息の分らぬ人々が、短歌に、複雑な事象や、若《も》しくは哲理や思想などを駢列《へんれつ》して得意として居ります。さういふ人々は、短歌を事件的に外面的に取扱つてゐるのでありまして、短歌究極の願ひが、一点の単純所に澄み入るにあることを知らないのであります。

と言い、次の歌をあげ、

袖ひぢて掬《むす》びし水のこほれるを春立つ今日の風や解くらむ　　紀　貫之

一首中心の移転が旋風の如くぐるぐる廻つて、結局何等纏まつた感情を現して居らぬのでありまます。斯ういふ歌が、単純化の行はれてゐない極端例になるのでありまして、つまり、作者の主観が、四角八面に分裂する状態が、そのままに歌の上に現れてゐるのであります。と言い、この一首などは、「歌本来の命《いのち》よりすれば鐚《びた》一文の値打ちもない」と言い切っています。

みちのくの高原の冷えまとひ来しさえざえと濃き竜胆を活く

この歌は、北国みちのくの、早い秋の冷気をまとって送られてきた竜胆の冴え冴えと濃い紫の花を活けることよ、というのですが、結句で「活く」という動作までいう必要があるかどうか。

島木赤彦の言うように、一点に集中すれば、「活く」という動作までは言わない方がよいようです。

みちのくの高原の冷えまとひ来しさえざえと濃き竜胆の花

のように、清冽な竜胆の花にのみ集中するのが、歌を澄ませ、歌に清らかな空気を漂わせるのではないでしょうか。何と言っても歌は日本の詩なのですから、そこに音なき楽が聞こえるものでありたいと思うのです。

「活く」という動作をいうことは、一応具体性があり、ある意味では、歌に現実感《リアリティー》を与える働きをしているのですが、ここでは、腰砕けになります。この動作がこの歌の雑音ともなって、歌の純度が低下するのです。こういう単純な歌を、中味がないなどと言わず、言葉の音なき楽に耳を傾けて鑑賞してもらいたいものです。

日本語の短歌の詩としての魅力は、この単純化にあります。単純化がいのちです。良き酒が不純物を沈殿させて澄んだ香気を放つように、歌も余分な言葉を切りとり、単純化することにより、清められた情の極致が生まれてくるのだといえましょう。

その二

斎藤茂吉の晩年の歌集、『白き山』のなかの「逆白波」五首中の一首に、

最上川逆白波《さかしらなみ》のたつまでにふぶくゆふべとなりにけるかも

という絶唱があります。この歌の焦点は、「ふぶくゆふべ」ですが、上句の「逆白波」に作者の目は向けられていて、それを前面に押し出すために、「逆白波」のあとは、ぜんぶ平仮名で押し流しています。

日本海から最上川の上流へ向かって吹く強風とともに、夕方まけて、すさまじい吹雪となったのでしょう。「たつまでに」には、時間的経過もみせているのではと思われ、茂吉は、おそらく、かなり長いあいだ最上川の岸辺に立っていたにちがいないのです。

その岸辺で、吹雪を見ている茂吉の恐ろしいまでの孤愁がかんじられる一首です。しかし、柴生田稔は、この一首を評して、

「『たつまでに』も『なりにけるかも』も、いかがなものであろう。『なりにけるかも』は、万葉の志貴皇子のからして問題であろう」（「アララギ」・昭和四十年四月号）

と言っています。しかし、「たつまでに」は、「立つばかりに」という意と、先にかいたごとく時間的経過をもみせていると思えますし、歌の流れとして昇りつめたところで、あとを一気に詠み下す大事な起点ともなっています。

問題は、「なりにけるかも」ですが、柴生田稔は、これを古くさいとみたのか、流しすぎるとみたのか、いずれにしろ、ここは別の言葉で表現すべきだと言っているわけです。

これについて、もし茂吉がきいたとすれば、何と答えたでしょう。『斎藤茂吉歌論集』の「短歌初学門」のなかに、

本来短歌などといふ短い形式の文学は、精神を凝集せしめねばならず、単純化を遂行せしめねばならぬことは、ほかの条下でも説いたとほりであるが、さうするには大切なものを次から次と捨てつつ来つた過程があるのである。犠牲にしつつ来つたものが籠つてゐる過程があるのである。それが外面に暴露せられないが、染み込んでゐるのである。

と茂吉はかいています。つまり「なりにけるかも」は、あらゆる語句を犠牲にして捨て去って来た果ての単純化された最後のものだと茂吉は言っているのです。

この「逆白波」の歌は、一、二句に、「最上川」「逆白波」という具象の強い言葉があります。それを消さないためにも、下句を出来るだけ単純に抑えているのです。そのために、焦点の「ふぶくゆふべ」がクローズアップされたわけで、「なりにけるかも」の結句は、ぴたりと嵌まりこんだ格調高い語句です。

茂吉には、「けるかも」で抑えた歌が比較的多く、初期の『あらたま』の「時雨」一連のなかの一首、

ゆふされば大根の葉にふる時雨いたく寂しく降りにけるかも

などは有名で、一直線に言い下した単純化が成功しています。この歌の焦点は「いたく寂しく」で、それを印象づけるために、その上下の言葉を出来るだけ単純に抑えた詠みかたをしているのです。現代は、「けるかも」をつかう歌人はほとんどいなくなりましたが、赤彦や茂吉のように、張りのあるいい古語を生かして使うことはやはり学ぶべきではないかと思います。

これまで、歌の焦点のことを言って来ましたが、焦点とは、一首で何を言いたいのか、その眼目のことです。眼目は、二つも三つもあるわけではなく、ただ一つにしぼらなければなりません。

短篇小説は、感動を与えて印象の統一を計るために、終りの方に必ずクライマックスを置いてあるのですが、それと同じように、短歌も、言いたいことの眼目を出来るだけ下句において、一首に張りと重みを与えることです。例えば、

あかねさす紫野《むらさきぬ》ゆき標野《しめぬ》ゆき野守《ぬもり》は見ずや君が袖振る

『万葉集』巻一・二〇　額田王

この歌の焦点は、「君が袖振る」にあります。その一点を印象づけるために「野守は見ずや」

と、具体的に言っているのです。つまり、あなたは袖を振ってそんなに合図をなさるのですもの、宮廷の人達や番人に見られるではありませぬか、と媚態さえかんじさせる歌で、結句に、一首の眼目があります。上句はただ野から野へ移っていく一団のうごきを言っているだけで、結句に焦点をおいたことで、この一首が躍動し、緊《し》まってみえるのです。

足引《あしひき》の岩間をしぬぎわく水の落ちたぎち行く風のすずしさ　『天降言《あもりごと》』田安　宗武

田安宗武は八代将軍吉宗の第二子で、賀茂真淵門下の万葉派の歌人ですが、この一首も結句の「風のすずしさ」に焦点があります。「落ちたぎち行く」という第四句まで一気に詠みすすめてゆき、結句で据わりよく焦点を決めたので、湧く水の音がきこえ、すずしい風が吹き通って来そうではありませんか。

正岡子規が言っているように、言いたいことの肝心は、出来るだけ終りに据えたほうが、一首に張りが出来、印象の統一がはかれて歌が落ちつくということです。歌の腰が据わるのです。

夕空の浅黄あかねと染め分けて町はほつほつ灯ともしにけり

この一首の焦点は、「灯ともしにけり」に置いたようですが、上句の色どりが強すぎて、結句が尻軽になり、焦点がぼやけていています。視点が上句と下句に二分していて落ちつきません。写真で言えば、二重写しになっているということです。「灯ともしにけり」に焦点をあてるのであれば、上句を軽く抑えることです。

　夕あかね薄らぎにつつ山あひの町はほつほつ灯ともりゆけり

とでもすれば、結句に焦点があたり、町の灯にぬくとさが出て来るでしょう。しかし、この歌のように、上句と下句、ともに動きがあるばあいは、競合して、一首として纏めるのはむつかしいものです。どちらかの動きをなくして詠むことも一つの方法でしょう。

　頴田島一二郎著『作歌はじめのはじめ』に、

　氷雨ふる夜明けの路地を闇色の鼬《いたち》いそげば遠く鶏鳴く

を若い頃、師の小泉苳三先生に見せると、「氷雨・路地・闇色・鼬・鶏」に傍線を引いて、「どうも、並べすぎていけない。このうち鶏だけでも好いし、鼬だけでも好い。どっちかへまとめて、もっと単純によむこと」

と注がしてあったことがかかれています。こういうふうに注をされると、道具立ての多いことは誰にでもわかるでしょうが、実際に作ってみると、焦点を決めて単純化するということは、熟練を要するのです。

その三

ノーベル賞の授賞式が終ったあと、大江健三郎氏が、毎日新聞の記者の質問に答え、「小説が真実を述べるのに、たくさんの言葉を使い過ぎること。総合的に人間を表現しながら、言葉が単純で少ないそういう形式を考えたいんです」と言っているのを読みましたが、これはまさしく、日本の俳句・短歌が当てはまるのではないかと思ったものです。日本の短歌は、「言葉が単純で少ない」というのが命の形式です。あくまでも五七五七七の定型を守る、格を守るということが、大切な詩型なのです。

しかし、最近の短歌作品は少しちがって来ています。ひどく短かったり、またやたらに長かったりして、定型とその律を無視した歌がだんだん多くなりつつあるようです。

ギリシヤ人ドメニコ・テオトコプーロス、エル・グレコ—ギリシヤ人—と呼ばれきこの歌にみるように、調べをまったく失い、しかも、ほとんど片仮名ばかりを並べた判じがたいものが堂々と総合誌を飾っていて、しかもこれらの歌に対して評者は、若い世代の一つの新鮮な行き方だ、というふうに拍手を送っているのです。こういう評者がいるから、若い人達のなかには、ますます迷路に入り込んで、出口を見失っているものがふえてゆくようです。

片仮名は、平仮名のような伸びやかさやひろがりがないし、だいいち字面《づら》がごつごつしていてきれいではありません。かりに、会津八一の歌のひとところに片仮名が入り込んでいるとすれば、それだけで、八一の歌は成り立たないでしょう。平仮名によるあの滑らかなひろがりが失われるからです。

最近は名の通った歌人でも、片仮名を使用しはじめ、そこに、何か斬鮮さを出そうとしているようなところが見られますが、片仮名が多用された短歌は早晩古びてゆくだろうと思われるのです。

次に、ある有名歌人の歌を二首あげてみます。

昨日米国潰滅せりと文《もん》武《む》省《しやう》発表　百年後のほととぎす

歌ひおほせたるは何なる　初夏と夕映ゆる黒森《シュヴァルツヴァルト》の針山

二首とも短歌定型をまるで無視した意味不明の歌で、作者だけのたわごとにしか過ぎないと思われるものです。

この頃はこういう型を崩した訳のわからないオウム短歌とでもいうべき歌が、多くの賞を受ける混迷の時代に入っているとも言えます。が、やはり、短歌のほんとうの良さは、定型の格をもったもののなかにこそあります。定型のなかに、はじめて言葉の無限のひろがりは生まれてくるからです。尾山篤二郎の歌論のなかに、

短歌とは妙な文学で、何か新機軸を出そうとすると、きまって卑賤なものになる――

という意味の言葉がありますが、なるほどと頷かされます。ここには、たとえようもなく深いものがあります。写実平明の普通の定型歌の佳さを、裏側から突いた明言だと言えるでしょう。

折口信夫著『世々の歌びと』のなかの「女流短歌史」に、「女流文学の単純化」という章があります。このなかで折口信夫は、式子内親王の歌を何首かあげ、歌の単純平明の佳さを説いているのです。一首あげてみます。

眺むれば木の間うつろふ夕月夜《づくよ》やゝけしき立つ秋の空かな

式子内親王のこの歌について、折口信夫は次のように説いています。

「ぼんやりしていると、木の間をうつって行って、時の経過を思わせる月。それがたそがれ、だんだん月の色が濃くなって行って、ぽっと浮き立ったように秋の姿をして来る、その空あいよ」

とかき、

「ちゃんと近代叙景らしく出来上がっている。不思議なほどはっきりしている。そのころの人の叙景は、だいたい、この歌のようには、はっきりしないのである」

と言っているのです。

つまり、折口信夫の言葉を借りれば、式子内親王の時代には、自然描写と恋愛の心理描写が抱きあい、からみあっていて、いわゆる解釈のしにくい歌がどしどし作られた時代であったというのです。

このように前衛的な判らない歌が本流をなしている新古今時代に、式子内親王が歌の内容をこれだけ整理して詠めるのは、単純化する大きな力があったことを示していることで、よほど優れた素質を持った方だと折口信夫は激賞しています。

現代も亦、ちょうどその時代の流れに突き当たっているとも言えますし、折口信夫の言っている不健全で奇怪な病気に取りつかれた時代だとも言えるでしょう。

ここで、歌を抜き出し、具体的に考えてみることにします。

納豆をこをろこをろと混ぜてゐる今朝ひかりひく伊邪那美のゆび

総合誌で目についた歌ですが、この一首は字余りもなく、一応定型は守られていて、形の上では単純化され整った歌と言えるでしょう。しかし、「伊邪那美のゆび」とは何を指すのか、ちょっと気取ったかんじがしないでもありません。

伊邪那美とは、日本神話の女神で、火神を生んで焼死したと伝えられているので、この一首のなかの人物も一応、女性には違いないのですが、はっきりとはしません。はっきりとさせないところが、この歌のよさだというのかも知れませんが、ひとりの女性をこのように持ってまわった言い方をしなければ、文学として立派なものが出来ないというのでは困るのです。

折口信夫のいう解釈のしにくい、うじゃうじゃけた歌、つまり新古今時代の弊に陥る歌ということになります。

折口信夫は『歌の話』で新古今集を、次のように言っています。

あまり仲間づきあいが盛んに行われたために、歌は、お互いによい影響ばかりでなく、わるい流行を起こすことになりました。（略）肝腎の点よりもごく枝葉《えだは》にわたるところに苦労して、それを互いに誇りあったために、それが重なり重なりして、いけないことが起こって来ました。

と。

語り合ふごとく咲きゐる水仙は寄りあひてかつ離れさゆらぐ

この一首は、焦点の絞り方の点からみれば、一、二句は不要でしょう。こういう擬人化の比喩は類型臭があり、通俗でもあり、意味の上からも余分です。三句以下で一首にするべきです。

ひとむらの水仙の花寄りあひつつかつ離れつつ風にさゆらぐ

とでもすれば、より丁寧に細かく、人工の垢のつかない水仙の実《じつ》が写され、生かされるというべきでしょう。

歌の調べ

その一

最近は写実畑であるはずの歌人が、理の入り込んだ判じがたい歌を作りはじめていますし、このひとが、と思う歌人が、秀歌として前衛の理のかった歌を選んだりして、世はなべて、前衛の風が吹き荒れているようです。むろん、全部が全部とは言いませんが、はげしい勢いで、前衛短歌が歌壇を蔽っていることは確かです。

こんな時代に、ある年の総合誌の新年号に、二人の作家が巻頭随筆をかいているのを読んで、感動というよりも、むしろおどろいたのを覚えています。

一人は、『清貧の思想』の著者中野孝次氏です。このベストセラーの本は、実にあたたかく、しかも丁寧に物を見ているのに打たれるのですが、その中野孝次氏は、「わたしの好きな良寛の歌」として、まず、

霞立つながき春日を子供らと手毬つきつつこの日暮らしつ　　良寛

を取りあげ、

「別にどうということはない、ごくごくなだらかで平明な物言いであり、題材はたぶんその日の体験なのだろうが、読んでいるとそののびやかで自由な、春の到来をよろこぶ心持ちが自然とこちらに伝わってくる」とかいています。

この一首のほかに、尚、二首をあげて良寛という人間の呼吸がそのまま歌にあらわれていると、賞しているのです。

いま一人の作家は、田辺聖子氏で、歌のお手本を昭和天皇のおうたに求めているというようなことがかかれたあと、

広き野をながれゆけども最上川海に入るまでにごらざりけり　　昭和天皇

など、数首をあげ、「いつも平明でよくわかって、しかもすがたの巨きいおうた」だとし、また、「一刀彫の無心ののみあとだ」というふうに感じ入っているのです。

私はこのふたりの作家の賞している歌を見て、これは、いまの短歌の各総合誌を彩っている現代歌人達の歌とその鑑賞文とは、ずいぶん離れたところにあって、実は、もっとも素直な深い味わい方をしているのではないかと思いました。

しかも、二人の作家があげたこれらの歌には、目立たないながら、ちゃんとゆたかな調べがながれています。

短歌が調べを失うと、ただの散文の端切れになってしまいますが、最近は、三十一文字のなかに思想とか、時代性とか、あるいはまた何か心理的なものを追求するとか、そういう突込み方をしなければ、新しさも深さもないように言われ、調べがおろそかにされているのです。

三十一文字のなかに、思想や時代性を盛り込んだところで、単なるたわごとにしか過ぎません。そういうものは、長詩とか散文の世界で掘り下げていくべきもので、日本の短歌は、独特の詩型です。三十一音という単純化された調べのなかにこそ、千年を経てなお滅びないよさがあるのです。

現代は時代性や思想性、又何か心理的なものに興味を示し、それが文学だと錯覚し、思い込んでいる節があり言葉を盛りこむものがふえて来ているので、三十一音では詠みきれず、結局、言葉を詰め込んだだけの難解な歌が、まことしやかに横行しています。

従って、現在は、短歌は調べるものではなく、意味をいかに斬新に取り込むかということに汲々としていて、調べという短歌本来のよさを見失って来ていると言っても過言ではありません。

島木赤彦は、『歌道小見』の中で、

「歌をして、もっと思想的であらしめよという希望は、歌の水平を下げよと希望するに邇《ちか》いと小生は思っております」

と言っています。

ここで、調べの尊さの例証として、一つの長歌をあげてみます。

三吉野《みよしの》の　耳我《みみが》の嶺に　時なくぞ　雪はふりける　間《ひま》なくぞ　雨は降りける　その雪の
時なきがごと　その雨の　間《ひま》なきがごと　隈《くま》もおちず　思ひつつぞ来し　その山道を

『万葉集』巻一・二五　天武天皇

これは天武天皇がまだ大海人皇子《おおあまのみこ》であった時、兄君の天智天皇が病いに倒れられた。東宮であった大海人皇子は、次の皇位を天智天皇の長子である大友皇子に譲るべくみずから吉野の山に入って行く時の長歌です。あとで、壬申《じんしん》の乱となって大友皇子と争うことになるのですがそれ以前の歌ということになります。が、ここには、そのようなことには触れず何事かを思いつづけながら、ひたすら吉野道をあるいてきたというだけのことしか歌っていません。

しかし、この長歌の、あるいは頭韻をかさね、あるいは類似語を畳みこんだ調べのなかに、漠然としたもののながら何事かを思いつづけ、悩みつづける人の子の張りつめた悲しみのようなものが感じられ、のちの壬申の乱をも想起させる深いたゆたいがあります。そんな沈鬱な哀音が、すべて、調べのなかに籠められているのです。

石《いは》ばしる垂水《たるみ》の上のさ蕨の萌え出づる春になりにけるかも

『万葉集』巻八・一四一八　志貴皇子

夕月夜潮みちくらし難波江のあしの若葉にこゆるしらなみ

『新古今集』巻一・二六　藤原　秀能

志貴皇子の歌を再びここに取り出したのは、おなじく春の風景を詠んでいる新古今集の歌と比較してみたかったからです。

この二首の歌は、字余りや字足らずの破調はなく、句割れも句またがりもなく円満な正格の短歌と言えます。しかし、調べがちがっています。

志貴皇子の歌は、「の」で結んで一気に読み下した律動感が何とも言えません。しかも、滝水の迸る光景とか蕨の萌え出る場所なども、ちゃんと具象化しながら詠み下しているのです。いかにもぴちぴちしています。飛沫のきらめくのが目に見えるようではありませんか。これは一つには、ラ行音を利かせて歯切れよく詠み下した調べの効果から来ているのです。

この歌に比して、新古今集の歌は、どうも情景が生き生きと浮かんでこないのです。結句の「こゆるしらなみ」も生動感のある情景として目に浮かんできません。この一首の名詞を見てみると、「夕月夜」「潮」「難波江」「あしの若葉」「しらなみ」とつづいて、どこに焦点を当てているのかはっきりしません。志貴皇子の張りのある歌と比べて、何となくなよなよしたものを感じるのです。

これは一つには新古今の歌に言葉が多いことにもよりますが、結句を「しらなみ」と体言止めにしたことにより律動感がなく、志貴皇子の歌に比べると、比較にならないほど迫力がかんじられないのです。これも主として調べからくる相違点でしょう。実景を見るのと、絵を見るのとの違いと言えばいいでしょうか。

幾山河こえさりゆかば寂しさのはてなむ国ぞけふも旅ゆく　若山　牧水

「幾山河」は、「いくやまかは」とよませていて、一字字余りながら、あ音を含んで遥かなるかんじを与えています。この歌が多くの人に愛誦されるのも、一つには調べのゆたかさのゆえでしょう。

その二

歌の調べについて、賀茂真淵は、

古《いにしへ》の歌は調《しらべ》をもはらとせり　うたふものなればなり　『新学《にひまなび》』

と言っています。古の歌とは万葉集にあるような歌をさして言い、当時の歌が古今集の優美さに傾くのをきらい、万葉集の「ますらをぶり」の歌風をとなえたものです。

真淵のこうした崇古主義の「ますらをぶり」の歌に反対をして古今集を重んじた香川景樹は、桂園派を興し、清新平明に歌うことを主張し、歌は調ぶるものなり　理《ことわ》るものにあらず　『随所師説』

と調べの大切さを言っています。

また本居宣長は、『あしわけ小舟』で、「歌は、とかく思ふ心を、ほどよく言ひととのふるものの也」と言い、「詞をととのふるが第一也」と言っています。この「ととのふる」は、「調ぶる」と語源を同じくするものです。

例えば、幼子が泣いているうちに、自然に抑揚がつき、節がついてくるように、情がととのえられてゆくこと、それが歌の発生だというのです。つまり、宣長は、感動という情のゆらぎを言葉に託して、ととのえてゆくのが歌だというわけです。

ここに、歌の調べの秘密があります。感動という情のゆらぎは、言葉によってととのえられることにより、歌というものに生まれ変るのです。生まれ変ることによって、瞬時のはかない心ゆらぎも永遠化されるということです。

短歌がカタルシスの文学と言われる所以もここにありますし、魂鎮《たましず》めにつながり、また、人間的なものに陶冶《とうや》され、昇華されてゆく詩型だということが出来るのです。それゆえに、調べが歌の血脈であるとも言えるでしょう。

この調べについては、先に天武天皇の長歌の折にかいたように、頭韻をふむことも、一つの手法と言っていいでしょう。もちろん、歌は一種の叫びですから、技巧的に韻をふんでは作意が目立ちます。が、韻をふむ調べで一首を高め、深めるばあいがあるのです。

否《いな》といへど強《し》ふる志斐《しひ》のが強《し》ひがたりこの頃聞かずてわれ恋ひにけり

『万葉集』巻三・二三六　持統天皇

志斐《しひ》というのは、志斐嫗《おみな》という語部《かたりべ》の職にいたもののことで、記憶もよく、話も上手だったものと思われます。

その語部に贈ったうたで、「強ふる」「志斐の」「強ひがたり」と三段階に「し」の頭韻とハ行音を結んだのが成功していて、いかにも話好きの志斐嫗が浮きたって見えてきますし、俳諧味を含んだ詠み方は、持統天皇の機智のひらめきを見せた一首と言えるでしょう。

朝去《あしたゆ》きてゆふべは来ます君ゆゑにゆゆしくも吾《あ》は歎きつるかも

『万葉集』巻十二・二八九三　作者不詳

この「ゆゆし」は、いまいましい、厭わしいの意です。一首の意は、朝は去って行っても、夕方にはまたおいでになるあなたであるのに、いいえそれゆえに、かえっていまいましく思うほど、あなたが恋しくて待ちきれないのです、という程の意でしょう。

この一首は、「ゆ」という何となく内にこもる音を畳みこんであるのが、効を奏したと言えます。体を左右にゆすっているようないまいましさが、「ゆ」の畳みこみにかんじられるのです。


私がまだ、練馬の西はずれの農家の前の一軒家に住んでいた時のことです。庭で洗濯物を干しおわって、振り返るともなく背後に目をやった時でした。一匹の赤とんぼが、真紅の身を私の肩に止まらせて翅をふるわせているのです。

その赤とんぼの上空には、限りもなく青い空がひらけていました。底の抜けたようなというのはこういう空のことかと思うほど、果てもなく蒼い空のいろでした。私はその限りなく蒼い空と、小さい小さい赤とんぼの対比にも魅せられたのでした。

そのとき詠んだ歌に、

秋深む空の蒼さに来しものかあかねあきつはわが肩に寄る

という一首があります。「蒼さに」の「に」は、この場合状態を表わす「によって」の意として使ったものです。

ここで四段階に「あ」音をかさねてゆき、結句をさりげなく「わが肩に寄る」と具体的に抑えたのがよかった、と自分では思っています。

こうして、「あ」の頭韻をふむことで、何か悠久につながる蒼い空の無音のひろがりを見せようとしたのですが、そんな空の下の自分も赤とんぼも、ひどく悲しいものに思えたのも事実です。その悲哀感のようなものが、この歌のなかに出ていればと思うのですが、連作にまで持っていかなければ、むつかしいことかも知れません。


雨あとの夕映あはくさしければさくらはさとく茜にうるむ

これも練馬に住んでいた時の作品です。

橋の上から石神井川の川べりに咲きつづく夕映えの桜を、長沢美津先生と橋の上に並んでながめた時のものですが、「あ」音と「さ」音の頭韻をふまえ、ある生動感を見せようとしたのです。「あ」音による明るさと「さ」音によるある種の爽やかさは、いくらか出せたように思います。

このように頭韻をふむとか、または「ら」行音とか「さ」行音とかを出して、ひとつの律動と同時に、ある種の雰囲気を一首に盛りこもうとするのも、訴えんとする情のゆらぎを調える結果にほかなりません。従って、多くのばあい、あたり前にうたっていても、そこに人の子の生きる悲哀感のようなものが、ありとしもなく出ているばあいがあるものです。

しかし、韻をふむと言っても、あまり意識しないで、舌頭に千転していれば、しぜんに韻を含んでくることがよくあるものです。意識して作意が目立つと、歌が浮いてしまうことがあります。例えば、

うぐひすの通ふ垣根のうの花のうきことあれや君が来まさぬ

『万葉集』巻十・一九八八　作者不詳

この歌のように、「う」音だけでなく、「か」音や「き」音までが反覆して形式化すると、実感が薄れ、真情がこもらなくなります。

この歌などは作者不詳ですから、民謡のようにうたわれていたものと思われますが、作意が目立って、どうしても軽薄さがつきまとい、真実味がないと言えます。万葉の歌には珍しく、口先だけのものになってしまっているのです。

その三

前回は、類語を用いたり、韻を踏んだりして歌の調べをととのえることについて、少しふれましたが、短歌は勿論、音韻の美のみではありません。詩歌は音楽とは異なり、言葉の芸術ですから、言葉のもつ意味も大きいことは勿論です。

ふるさとの町をい行けど知る人の一人しあらずわれは旅人

右は、私の一首ですが、この歌がある新聞の投稿歌壇に、

ふるさとの野道を行けど知る人の一人もあらずわれは旅人

となって、知らない作者の名で掲載されていました。「町」が「野道」になっていますが、野道はもともと人がそう通る所ではないので、内容的にみて、あまり効果があるとは言えないでしょう。それはさておき、私の歌では、

知る人の一人しあらず

と「し」の韻を踏むともなく踏んでいるのですが、それよりも、この「し」と、後者の歌の

「一人もあらず」の「も」の相違が問題です。「し」は、上の語を強め、語調を調える助詞で、いわば意味がありません。それにひきかえ、後者の歌の「も」は、下に否定の語を伴って、それさえもないことを意味します。一首に意味づけが生じ、理《ことわり》がはいってくるのです。意味を抜いて「し」としますと、ここに空気がはいって調べが澄んできます。意味づけがはいると、詩としての空気はなくなり、調べに乗らないのです。つまり、「も」では故郷に帰っての孤愁の思いに俗情がはいるので、これでは、私の歌の改悪だと思うわけです。

　箱根の山をうち出でて見れば浪のよる小島あり、供の者に此うらの名は知るやと尋ねしかば、伊豆のうみなむと申すと答へ侍《はべ》りしをききて

箱根路をわが越えくれば伊豆の海や沖の小島に波の寄るみゆ　『金槐和歌集』　源　実朝

右の歌について小林秀雄は、「実朝」のなかで、次のように言っています。

　この所謂万葉調と言はれる彼の有名な歌を、僕は大変悲しい歌と読む。実朝研究家達は、この歌が二所詣の途次、詠まれたものと推定してゐる。おそらく推定は正しいであらう。彼が箱根権現に何を祈つて来た帰りなのか。僕には詞書さへ、彼の孤独が感じられる。悲しい心には、歌は悲しい調べを伝へるのだらうか。

この実朝の歌は、万葉集の左の歌を本歌としています。

相坂《あふ》をうち出でて見ればあふみの海白木綿花《しらゆふはな》に浪たちわたる

『万葉集』巻十三・三二三八　作者不詳

右の歌は、長歌二首の反歌で、「我妹子に　淡海の海の　沖つ浪　来寄す浜辺を　くれぐれと　独りそわが来る　妹が目を欲り」とうたい収めた長歌につづきます。

一首の意は、「相坂（逢坂）山を越えて淡海の海の見えるところまで来ると、白木綿で作った花のように浪が立ちつづいていることだ」というのです。「木綿《ゆふ》」とは楮の皮の繊維をさらし、神に捧げる幣帛《ぬさ》として榊に垂らしたものです。「白木綿花《しらゆふはな》」とは、白い木綿で作った花のことを言います。ここでは、波の白さを万葉人特有の形容で表現していて、明るく、清々しいものがあります。

斎藤茂吉は、『万葉秀歌』で、実朝の「箱根路を」の歌と、この「相坂を」の歌とを比較し、

万葉の此歌に較べると実朝の歌が見劣りするのは、第一声調がこの歌ほど緊張してゐないからであつた。

と。この評言の主たるところは、結句の声調にあるようです。確かに、万葉歌の結句「浪たちわたる」に比べて、実朝の歌の結句「波の寄るみゆ」は、調べが小刻みで弱々しいということが出来るでしょう。しかし、そこに、小林秀雄は、実朝の運命に抗し得ない、無垢な魂の悲歌を聞いているのです。小林秀雄は、この二つの歌を比較して次のように言っています。

万葉の歌は、相坂山に木綿を手向け、女に会ひに行く古代の人の泡立つ恋心の調べを自ら伝へてゐるが、「沖の小島に浪の寄るみゆ」といふ微妙な詞の動きには、芭蕉の所謂ほそみとまでは言はなくても、何かさういふ感じの含みがあり、耳に聞こえぬ白波の砕ける音を、遥かに眼で追ひ心に聞くと言ふ様な感じが現れてゐる様に思ふ、はつきりと澄んだ姿に、何とは知れぬ哀感がある。

と言い、さらに、

大きく開けた伊豆の海があり、その中に遥かに小さな島が見え、又その中に更に小さく白い波が寄せ、又その先きに自分の心の形が見えて来るといふ風に歌は動いてゐる。

と一首を鑑賞しています。

実朝の歌はともかく万葉調ですが、だからといって必ずしも雄々しく、力強い調べとは言えません。この一首は、まったくの叙景歌ですが、そこに悲しみの旋律が鳴っているのです。目に見えない悲しみの波動です。

太宰治は小説『右大臣実朝』のなかで、近習の口を借りて実朝の歌を次のように評しています。

　将軍家のお歌は、どれも皆さうでございますが、隠れた意味だの、あて附けだの、そんな下品な御工夫などは一つも無く、すべてただそのお言葉のとほり、それだけの事で明々白々、それがまたこの世に得がたく尊い所以で、つまりは和歌の妙訣も、ただこの、姿の正しさ、と言ふ一事に尽きるのではなからうかとさへ、愚かな私も日頃ひそかに案じてゐるのでございます。

と言っていますが、これは太宰治の現歌壇への厳しい提言にもなっているようです。現歌壇は、太宰治の言葉とはまるで逆な方向へ濁流となって流れているのは事実です。

ともかく、実朝の歌は、叙景に託して心を叙するというのではありません。ただ眼前の光景をそのまま詠んでいるだけです。作者の感情を表現する言葉はどこにもありません。しかし、この歌の光景の中に、実朝の心はうたわれているのです。光景を鏡として実朝の心は映し出されゆらいでいるとも言えます。それが即ち調べとなっているのです。

香川景樹は、『新学異見《にいまなびいけん》』で、

古の歌の調《しらべ》も情《こころ》もととのへるは、ほかの義《ゆゑ》あるにあらず。ひとへの誠実《まごころ》より出づればなり。誠実より為《な》れる歌はやがて天地《あめつち》の調にして、空吹く風の物につきてその声をなすが如く（略）されば往古《いにしへ》の歌はおのづから調をなせりといふべし。意を用ひて調べなしたる物と思へるはいたくたがへる事なり。

と言っています。

何の計らいもなく、まごころより出てはじめて調べが生じるというのです。つまりは、調べは頭で考え、ひねって出来るものではなく、おのずからなる「まごころ」の発露だというわけです。現代は反対に意を用いた歌を詠もうとしているように思えてなりません。

枕詞と調べ

その一

しばらくは、韻を含んだ歌の調べを主としてかいてきましたが、類似語を畳みこんだ調べについて、一首だけあげてみます。

山幾重夕山いくへ鳴かぬ鳥さびしき鳥の落ちて入る山　　石井直三郎

歌集『青樹』のなかの一首で、「水甕」に発表した時から有名になった歌です。しかし、尾山篤二郎はその著『短歌論攷《ろんこう》』で、次のように批評しています。

名実共に作者第一の自讃歌の様である。だが頗《すこぶ》る西条ハナ子過ぎ、阿蘇の山里過ぎ、或いは私しや何とかの籠の鳥過ぎる。歌集編纂の場合は第一に削除される様に希望する。

これは「昭和百人一首を読む」という名題のもとに、尾山篤二郎が当時の大家級の作品をつぎつぎと寸断して行ったなかの一文です。私は読んで思わず吹き出してしまったのですが、ここにある「西条ハナ子」というのは、当時多くの流行歌を作詞していた西条八十をもじったもの、また「阿蘇の山里」とか「籠の鳥」などはその頃、小学生にまで歌われたほどの流行歌によるものです。

私は笑ってしまってから、いくら何でもこれは言い過ぎではないかと思ったのですが、篤二郎は、この歌が調子にのり過ぎているとみたのでしょうし、鳥は何羽くらいか、一羽かあるいは群れをなしていたのか、そういった写実的要素を求めたにちがいないし、それはそれで充分納得のいくものです。

しかし、この歌はすでにいくつかの歌碑になり、愛誦されている有名な歌です。この歌のもつ調べを崩して、形を直すのはやはりむつかしいと言えるでしょう。この調べは調べとして認めざるを得ないものだと思うのです。

私は何年か前、信州の上林温泉に滞在中、散歩の折に、この歌とおなじ光景に出くわしたことがあります。雁であったか、何の鳥であったかは、さだかではありませんが、黒っぽい群れ鳥が北信五岳《ほくしんごがく》の山のある方から啼きもせずに渡って行って、やがて夕暮れた志賀の山あいに落ちて行ったのを見たことがあります。

私はそのとき、思わず「山幾重夕山いくへ鳴かぬ鳥寂しき鳥のおちて入る山」と呟いて、この歌とおなじ光景のなかに自分の身をおいたことの感動にしばらくひたっていたものでした。写実という点からは問題があり、やや単調だとみる歌人があるにしても、また別途の魅力をたたえた愛誦性のある歌と言っていいかと思います。

この一首は、類似語をたたみ込んで調べをみせた歌ですが、いま一つ枕詞《ことば》という意味のない言葉によって、歌の単純化を生み、調べを呼ぶ形があります。それはわれわれの遠い祖先のおどろくべき叡智の生んだ形であり、言葉です。そのことについて、少しかいてみようと思います。

山本健吉はその著『いのちとかたち――日本美の源を探る――』のなかで、歌は無内容でいいという師の釈迢空の考え方を踏まえて、

序詞、枕詞、歌枕と、これらの虚辞によって、短歌の生命標は保持されてきた。それは意味でなく、思想でなく、美辞麗句でなく、あるいはまたイメージでもなく、象徴でもなく、そのような実事的、内容的なものを出来うるかぎり避けて、三十一文字という詩の器をからっぽに近いものにして、その上でたとえば山の清水がとくとくと音して充たしてくるように、

おのずから充ちてくるもの、それがすなわち「うた」であり、そこには「うたごころ」とでも言うより外ないものが確かにあると信じて、千数百年にわたって、ひとは短歌を飽きもせずに作りつづけて来たのである。

と言い、万葉歌二首をとり出しています。

その一首を紹介しますと、

玉映《たまはや》す武庫《むこ》の渡りに天伝《あまづた》ふ日の暮れ行けば家をしそ思ふ

巻十七・三八九五　大伴旅人の傔従

というものです。

この歌の「玉映す」は、「武庫」の枕詞、「天伝ふ」は、「日」の枕詞です。山本健吉はこれらのことをかいたあとで、

その述べるところはきわめて単純であるが、意味以上に、言葉の空間はふくらんで、何かそこには妙なる楽の音がきこえてくるような感じが伴う。枕詞とそれを承ける言葉とのつながりに、きわめて有機的な、生命的流露感が生まれて来たような気がする。それは耳を澄ま

して聴き入る人だけに聞こえてくるような、笹の葉のさやぎのような、衣摺れのような、松風のような、虫の音のような、微かな、そして清んだ囁きのような声である。

と言い、なお枕詞については、

もともと神授の詞章であり、「生命の指標」であったものが、そのような役割を喪失した後も、なお新しい歌の中で生きている。意味でなく、内容でなく、思想でなくだがそれ以上に生命的なものとして生きている。そのような「いのち」を完全に失った時が来るとすれば、それは短歌の終焉の時だろう。

と言っています。つまり、短歌は思想でも意味でもなく、微かな、囁きのようなものであり、そこにいのちがあるのだと言っているのです。

このことを、極めて単純に言えば、それは枕詞をもちいることによって、意味を抜いて歌を単一化し、調べを調えることです。つづまりは調べのいい歌の単純化ということになります。単純であっても、ただの単純ではありません。そこに調べがあるゆえに、それは、無限に広がっていく力を有するのです。

「現代だから、枕詞なんて」と、一蹴する人がいます。そういうひとは枕詞の大きな力を知らない人か、「現代」という時代が、すべて新しく、進歩していると錯覚している人の言うことでしょう。

ここで、佐藤佐太郎の左の一首を見てみます。

あぢさゐの藍のつゆけき花ありぬぬばたまの夜あかねさす昼

この歌の「ぬばたまの」は「夜」の枕詞。「あかねさす」は、「昼」の枕詞です。つまり、二箇所に枕詞をつかって歌の単純化とひびき、奥深さを呼びこんでいます。三好達治の言葉を借りれば「非詩人非歌人の凡庸作家達」は、ここに何の発見があるのか、何の時代意識があるのか、ただ、あじさいの藍いろの露けき花があるとうたっているのに過ぎないのではないか、と言うかも知れません。なるほど、この歌で言っていることは、「藍のつゆけき花ありぬ」ですが、歌の眼目とするところは、四、五句にあるのです。つまり、枕詞をたたみ込んだ四、五句の躍動によって、歌は立ち上がり、膨らみ、生き生きと息づいています。永久に古びない息づきがそこにあるのです。

なお、ここには枕詞のたたみ込みのほかにも、「あ」の頭韻をとり入れ、紫陽花の花の明るさとゆたけさを際立たせているのも妙です。

その二

佐太郎のあじさいの歌のように、枕詞をつかった歌は、近代、現代にも数多くあります。そういう歌を二首あげてみます。

あらたまの年のはじめの七草を籠《こ》に植ゑて来し病めるわがため　正岡　子規
富士が根はさはるものなし久方の天《あめ》ゆ傾きて海に入るまで　島木　赤彦

一首目の「あらたまの」の枕詞の「あらたま」は、掘り出したままで磨いていない玉のことで、「年・月・春」などにかかります。二首目の「久方の」は、「天・光・雨・日・月・雲・都」などにかかります。これらの二首とも、その枕詞に格別の意味があるわけではなく、むろん、何の内容もそこにあるわけではありません。

それでいて、これらの枕詞が一首に嵌めこまれているだけで、一つの調べが生まれ、歌にのびを与えていることがわかるでしょう。

一首目のように、初句においた枕詞は、一首への導入を滑らかにし、低音部分としてたゆたっています。また、二首目のように、一首の歌のなかに嵌めこまれた枕詞は、句と句のあいだに置かれただけで、一首をのびやかにしています。同時にそれは、ひとつの「間《ま》」となって、一首にゆとりを与え、歌に調べを呼びこんで生動感をおこしていることに気がつくでしょう。

ここで、枕詞をつかった例歌を、もう少しあげてみます。

たらちねの母が釣りたる青蚊帳をすがしといねつたるみたれども　長塚　節
うちひさす都の夜にともる灯のあかきを見つつこころ落ちゐず　斎藤　茂吉
かぎろひのひと日むなしくわがありて魂冴ゆる夕べひととき　南原　繁
ちちのみの父を葬りし日の晩霞濃かりしことはのちも思はむ　葛原　妙子
さねさし相模の小野に入り来り夕かげりはやし紅梅の花　土屋　文明

こうして抜き出していると、枕詞をつかった歌は、近・現代にもきりがないほどです。これらの歌は、すべて平明であるし、改めて解説の要もないでしょう。その枕詞も一般化されたものばかりですが、一応順を追って、簡単に説明しておきます。

「たらちねの」は、乳房を垂らす女の意もあって、「母・親」にかかります。

「うちひさす」は、日光のよく差し込む宮殿の意で、「宮・都」などにかかります。全日《うつひ》が差し入るの意もあります。

「かぎろひの」は、「春・燃ゆ」にかかりますが、この歌のように「ひと日」にかけることもあります。

「ちちのみの」は、銀杏の実の古名が「ちちのみ」であるから、同音によって「父」にかかります。

「さねさし」は「相模」にかかる枕詞です。

このように枕詞は、辞書をひきさえすれば、懇切に解説してありますが、ここに抜き出した枕詞は、ごくありふれた枕詞ですので、古いなどと言わず、それぞれ一首に詠みこんでみずから味わってほしいと思います。枕詞によって、一首がどれだけ単純化され、のびやかにまた豊潤になるかが判るでしょう。

ついでに、枕詞をつかった私の歌をあげてみます。


いそのかみ古きつばきの太幹の堅き肌へに手触れてもみつ

「椿」一連のなかの一首です。「いそのかみ」は、「降る・旧《ふ》る・古る」などにかかる枕詞です。あまりに大きな椿の古木をみて、一種の恐れに似たおもいで、その固い太い幹に手触れたところを詠んだのですが、うたい出しを滑らかに、なお一首の単純化のために枕詞を用いました。同時に、古木に対するある敬虔な気持をもこめたつもりです。

よるの間《ま》もかく揺れゐしかあかねさす昼ゆれやまぬ雪柳の花

この一首は、片時もやまず揺れつづけている庭の雪柳をみて詠んだのですが、「あかねさす」の枕詞をもちいたのは、一首に、間《ま》をもたせたかったのと、雪柳の花の明るさを出したかったからです。

ここで石川啄木の『一握の砂』の巻頭の一首をみてみたいと思います。

東海の小島の磯の白砂にわれ泣き濡れて蟹とたはむる

まさに人口に膾炙した一首ですが、これには、枕詞というべきものはありません。しかし、枕詞とおなじ働きをしている字句があることに気づくでしょう。

この一首の言いたいことの眼目は、「われ泣き濡れて蟹とたはむる」の四、五句にあります。屈みこんで泣き濡れている人の子の寂しさが歌えればいいのです。あとは何の理由づけもいらない、ただ「東海の小島の磯の白砂に」という場所だけでいいのです。この上句は、言ってみれば無内容といってもいい箇所です。

しかし、この上句が下句の四、五句を引き出すための重要な枕詞のごとき働きをしていることがわかるでしょう。つまり、四、五句の焦点を邪魔して弱めないように、言葉を抑えたところです。

裏切られた悲しさで泣いているとか、初恋の痛みで泣いているとか、そんな意味のあることは何一つ言っていません。そんなことはどうでもよいのです。そういう何かの意味あいを言えば、四、五句の焦点が弱くなり、印象が不鮮明になります。

「東海の」と大きく明るく打ち出し、「白砂」までだんだん小さくしぼって行ったところに、大自然と人の子を対照させていて、そこに、泣き濡れた人の子の小ささを見せているところなど、たまらなくいいではありませんか。

結局、歌には内容をもたせない低音部分が必要だということです。

古語のなかには、先にあげた枕詞のように、現代の言葉では、到底およびがたい、ひびきと美しさを蔵した言葉がたくさん埋まっているのです。そういう古語を毛ぎらいせずに拾いあげ、現代の歌に生かすことも、歌人でなければ出来ない一つの尊い使命ではないかと思うのです。

写実について

その一

　コピーライターの糸井重里氏が、ある新聞で、最近釣りにとりつかれているというエッセイをかいていました。それによると、釣り糸を垂れていて、魚がくいついてきた時の、ひっぱる力、その手ごたえが、何とも言えないのだそうです。私も夫の供をして釣りをしたことがありますが、その手ごたえを得るために、もう一回、もう一回と、ねばって、なかなか止められなかった経験があります。

　歌作も、つづまりはこの宇宙乾坤《けんこん》に釣り糸を垂らして、歌という釣果を得ようとしているのかも知れないと思ったりします。そのときの現実の手ごたえということが、現代ほど人々に欲しられている時代はないのではないでしょうか。あまりにも機械文明、科学文明が進んだ情報化社会にあっては、生《なま》の手ざわり、生の実感が得られないからです。

　オウム真理教の若い信者達が、バーチャル・リアリティー（仮想現実）に誘惑され、あのような衝撃的な事件を起こしたと言われますが、仮想現実——つまり漫画やアニメ、コンピューター・ゲームなどから作り出される仮想のものには、血が通っていず、虚構があるだけで、実際の生きた現実がないのです。

本当の現実には、生あり、死あり、よろこびあり、悲しみが脈打っているものです。そこには釣りにとりつかれた糸井重里氏のいう生きた手ごたえがかんじられるのです。この手ごたえが、本当のリアリティーと言ってもいいのではないでしょうか。

短歌にもこの手ごたえ、即ち現実性（リアリティー）がほしいのです。現実をしっかり捉えなければ、絵そらごとに終ってしまう危険性があります。しかし、近頃の短歌は現実を離れ、仮想のものに取りつかれて、頭でひねったものになりつつあります。たとえば、

わかものの病む眼のなかのひるの星＊＊＊Laclos,L'Ise-Adam,Louys,Lawrence

これは若い歌人の歌ですが、短歌のもつ形がまったく失われているだけでなく、読点あり、横文字あり、記号ありで、何を詠もうとしたのかわかりかねます。歌人が日本の言葉を捨てて、記号や横文字に頼っては敗北ではないでしょうか。これらは、いわゆる仮想現実以外の何物でもないと思うのです。心病む若者が、このような記号短歌というべきものに引かれて行っては、

まことに救いがたく短歌界の世紀末と言わざるを得ません。

これに反して、江戸時代の歌人上田秋成の歌に、

夜のほどに降りしや雨の庭たづみ落葉をとぢてけさは氷れる

という一首がありますが、耳で聞いてそのまま味わえる歌です。夜の間に、降ったとも気づかないうちに雨が降ったのであろうか。朝の庭を見ると、水たまりが出来ていて、落葉をとじたまま氷っているよ、というのです。

どこといって特別のことを言っているわけではないのですが、清冽な冷気が、読む者の胸を打ってくるようです。この清冽感は、何から来ているのかというと、一に写生から来ているのです。秋成が、自分を無にして自然に対しているので、このように、冴えて写るのです。

大岡信氏は、『折々のうた』で、この秋成の歌を評して、

ありふれた景色を接写する眼のレンズの確かさが、歌を生動させる。

と言っていますが、この曇りのないレンズの確かさが、読む者の心を洗い、清々しくさせるのです。最近はこのような平明な写実の歌の味がわからなくなり、平凡だとか古いなどと言い、

ここに何かの思想とか心象とか、そういう主観の色付けをしないとつまらないと思う人が多いようです。例えば、秋成の歌でも、

夜のほどに降りしや雨の庭たづみ落葉は非情をしとねとなしつ

という風に、感覚的に切りこんだ方が、意味深いというわけです。しかし、このような主観の浮いた歌をよしとするようでは児戯にひとしいのです。これでは、秋成の歌のような澄んだ長《たけ》高いものは生まれません。

斎藤茂吉は、

歌つくりとしての僕の覚悟は、一念十念乃至百念、つねに「写生」を念ずればいい。写生を念じ、写生を実行して、出来あがつたものの奈何はこれを神明に任せるより途はない。

と言い、「竹の里人よ、僕をみちびきたまへ」「竹の里人よ、僕をまもりたまへ」と、悲願のごとく写生の実行をこいねがっているのです。

老いたまひし千樫が母の蚕飼するところに行きてわれはものいふ

これは茂吉歌集『白桃』の「墓参」中の一首です。ある人はこの歌を読んで、何とあたり前の平凡な歌だろうと言うかも知れません。むろん茂吉らしい声調高い詠み方ではないかも知れませんが、下句のやや散文的な収め方に、無技巧の技巧があります。茂吉はこのとき千樫の家の誰かに招じ入れられたはずですが、わざわざ奥の間《ま》か、別棟の蚕室まで出向いて行って、千樫の老いた母に言葉をかけたのです。言ってみれば、それだけのことですが、浮いた言葉がなく、具象化されているので、そのときの茂吉の様子がよくわかりますし、千樫の老いた母への思いやりがしぜんに出ていて、何回読んでも、心あたたまる作品です。この時代の憲吉や茂吉、それに千樫らの友情が羨ましくなる一首です。これも写実を基盤として、実体を詠んでいるので平凡のようでいて平凡ではなく、いつまでも読者の胸にのこる一首となっています。

信濃路はいつ春にならん夕づく日入りてしまらく黄なる空のいろ　　島木　赤彦

没後に出版された『柹蔭集』のなかの一首です。

この歌を詠んでから、ひと月ちょっとの三月二十七日に赤彦は胃癌で亡くなっています。死の近いのを意識しながら、赤彦は諏訪の自宅の障子をあけて、夕日が沈んでいく空を眺めていたのでしょう。

一、二句の「信濃路はいつ春にならん」の詠嘆には、春をこいねがっている赤彦の切なさが溢れていて、三句目からは、入り日の沈んだ西空をそのまま写生しているのです。結句は「黄なる空のいろ」と一字字余りですが、一、二句の詠嘆があるので、ここを重くとどめ余情を湛えしめています。暮れてゆく西空に目をあてている赤彦の歔欷《きょき》がきこえてきそうな一首です。この寂寥感は、下句の単一とも言える写生が効いているのです。ここに、意味をもった別の言葉があれば、これほどの寂寥感は出せないでしょう。

井上靖が、詩集『乾河道』で、

正確なものだけが美しく見える。

と言っていますが、正確に見て正確に表現することは、なかなかむつかしいことです。しかし、そうした正確な写生の奥にこそ、はじめて清冽なまことの美が生まれてくるのです。ごまかしの中には本当の美はないということです。

その二

斎藤茂吉は、その著『短歌写生の説』のなかで、正岡子規の歌四首をあげていますが、そのうちの三首を抜き出してみます。

ガラス戸の外に据ゑたる鳥籠のブリキの屋根に月映ゆる見ゆ
小庇にかくれて月の見えざるを一目を見むとゐざれど見えず
照る月の位置かはりけむ鳥籠の屋根に映りし影なくなりぬ

これらの歌をみると、やはり子規という歌びとの偉大さというか、確かな目の深さに感じ入らないではいられません。

一首目の結句は、「月映ゆる見ゆ」とだけしか言っていませんが、「ガラス戸の外」と「ブリキの屋根」がよく効いていて、月の光が異様なまでに冴えて映っているのが、よく分りますし、神韻とした外の月の光と作者が相まって、たまらなく静かで、たまらなく寂しい子規のひととき の光景が浮かんできます。

二首目は、月がたしかに照りかがやいているのが分かるけれども、その月の姿が見えないので、見ようとして「ゐざれど見えず」と結んでいるのです。この結句の巧まざる置き方に、子規のそのときの様子まで空想される一首です。

三首目も、鳥籠の屋根に映っていた月影がなくなったと、そのままを詠んでいるのですが、「鳥籠の屋根」が効いていて、深い静けさと作者の孤独感のようなものが感じられます。たしかに、これらの三首の歌には、いつまでも古びることのない自然の姿と子規の生とがそのまま息づいているのです。

茂吉は、これらの歌について、

一読平淡な写生の歌であるが、いかに鮮やかに子規の生が写されてゐるか。そしていかに自然で、真実で、あくどい叫喚と自然の故意修正が無いか。其を静かに考へるがよい。そしたら写生の味も少しは分かつて来やう。

と言っています。厚塗りしたあくどい詠み方にへきえきした茂吉の胸のうちが分かるような言葉です。ここで言っている「写生」とは写実のことです。子規の言葉に、「実際の有りのままを写すを仮に写実といふ、又写生ともいふ」とあるので、茂吉だけでなく赤彦らが唱えている写生論はすなわち写実のことで、いわゆる写実短歌のことであるのは言うまでもないことです。

その写実短歌は、ただ素直に、ありのままを写し取るということだけでなく、茂吉は、「実相に観入して、自然、自己一元の生を写す。これが短歌上の写生である」と言い、また島木赤彦は、「物及び現象の中核に潜み入つて、直ちにその生命を捉ふるを念とする」と言っています。

両者とも、写実の奥深さをみるために、すこしむつかしく言っていますが、要するに、詠む対象、あるいは心象などを、ねじ曲げず、素直にみて詠むこと、そこにはじめて対象と一体となった己れの生も写されているというのです。

従って、写実詠には、心理詠あり、空想詠あり、単に事物のありのままの写生にとどまらないと言うことです。たとえば、

夕されば小倉の山に鳴く鹿は今宵は鳴かず寝ねにけらしも

『万葉集』巻八・一五一一　舒明天皇

万葉集の一首です。ここでは空想し、推量しているわけですが、写実詠であることに変りなく、重厚に詠みながら、いかにも鹿によせる愛情が出ていて、心あたたかい一首と言えるでしょう。

このように、いろいろの詠み方はあっても、ただ飛躍したひとりよがりの心理詠とか、ねじまげた自然修正はいけないと言うことです。このことに関して、佐藤佐太郎は『短歌作者への

助言』のなかで、「短歌の材料は自然であっても、人事であっても、社会であっても実は何でもいい」と言い、なお、

人によっては「写生」というものは「自然」を詠むことだと思いこんでいる人もいるほどで、世間は広いものだと感心するが、われわれの仲間はもっとしっかりした覚悟を持ってもらいたい。現実に即して直接な表現をするのが写生である。材料は何でもいい。

と言っています。

写実短歌は、「子規による根岸短歌会を中心に起こり、大正から昭和二十年代まで全盛期を送ったが、平成の今日ではすでに過去のものである」という歌人がいます。これは大変皮相な見解であって、写実短歌は万葉集を根源としてつねに短歌の本流をゆくものです。時代により多少の変遷はあっても、短歌の根源の流れをもつ写実短歌が顧みられなくなることはあり得ないはずです。

実際、伊藤左千夫、長塚節、島木赤彦、斎藤茂吉、中村憲吉、古泉千樫、土田耕平、土屋文明、佐藤佐太郎らのアララギ系は言うまでもなく、吉野秀雄、川田順、橋本徳寿、窪田空穂、尾山篤二郎、植松寿樹、吉植庄亮など、思い浮かぶままに抜き出しましたが、これらの歌人が

つぎつぎと詠んだ写実短歌にふれると、身が引き締まってきます。

いま読んでも、すこしも古くはなく新鮮な感動をおぼえるのです。それらの歌を、これから順不同に取り出して、そのいくつかを鑑賞してみたいと思います。写実歌人達ののこした歌が、いかに力強く、いかに素晴らしく、いつまでも古びない佳さをもっているかが分るでしょう。

みんなみの嶺岡山《みねをかやま》の焼くる火のこよひも赤く見えにけるかも

古泉千樫《こいずみちかし》が、ただ一つ生前に出版した歌集『川のほとり』の冒頭の「山焼」におさめられたもので、南房の山峡の地から嶺岡山をみて詠んだ歌です。一読、山焼けの火の赤さ、明るさが見えてくる一首です。これは「み」の頭韻を含みながら、「の」で結んで一気に詠み下した万葉調からもきていますが、よけいな言葉を削り落して、単一によみ切った写実詠の深さであることは言うまでもありません。

冬の光りおだやかにして吾児《あこ》が歩む下駄の音軽くこまかにひびく

この一首は、「思ひ出」の吾子を詠んだもので、千樫らしくこまか過ぎるほど丁寧に写生していて、下駄の音が聞こえてきます。前出の歌とともに、一読して忘れられなくなる一首です。

千樫は、格別実家の農業に従事していたわけではないのですが、牛の世話だけは、よくしていたようです。従って、牛に関する歌が、比較的多く、それらのどの歌も牛の臭いをかんじさせるほどの佳吟です。

夕寒み牛に飲ますする桶の湯に味噌をまぜつつ手にかきまはす
茱萸《ぐみ》の葉の白くひかれる渚みち牛ひとつゐて海に向き立つ

一首目は、具象のうごきのなかに、しぜんに生活環境がにじみ出ていて、寒くなった夕暮時、味噌を手に掻きまわしている作者の姿が映ってくる歌です。二首目は、河口の汀道に立っている一頭の牛を見て詠んだもので、四、五句で牧歌的な味をみせながら何とない孤愁をかんじさせます。

この歌は鴨川河口の汀道の小公園に、歌碑となっていますが、いま読んでも、すこしも古くなく、そこに海を見て立っている牛がいるような気がしてくるのです。そしてそれは、作者の永遠の姿でもあるように思えてきます。写実の妙と言っていいでしょう。

千樫の作品は、晩年の「稗の穂」や「寸歩曲」「病牀春光録」が、平淡に帰した最高峰だと言われますが、ここには、初期の作品を主として並べてみました。初期にもやはり千樫らしいごまかしのない、実体を摑んだ深さがあると思ったからです。

土間に食ふ昼餉《ひるげ》はうましわが足に触《ふ》りつつあそぶ鶏《かけ》のひよこら

籠ながら妻がおろせる菜の花はおびたゞしき花粉を土間にこぼせり

右の二首は、歌誌「橄欖」を創刊した吉植庄亮《しょうりょう》の『開墾』から抄出したものです。庄亮は東京帝国大学を卒業し、衆議院議員になったのですが、のち印旛沼《いんばぬま》に帰農して開墾に従事しました。二首はその時のもので、おのずからなる調べを有しながら、実体をきちんと摑んでいて妙と言うべきでしょう。

作者の足に触れる鶏のひよこといい、花粉をこぼす菜の花といい、言いようのない生動感がここにはあります。

庄亮語録に、

——歌は生まれるものである。うまい歌を作ろうとするな。歌は新鮮な野菜のようなものである。放り出したままが面白いのだ。

というのがあります。要するに修飾したり技巧にはしったりしないで、放り出したまま、つまりありのままを単一に詠んだ歌がいいと言うのです。これも写実詠法を庄亮らしく単純化して言った言葉でしょう。

短歌はいろいろの詠み方があっていい、というひとがこの頃います。写実詠法よし、前衛歌もまたよしというわけです。

多様化の時代だから、短歌も多様化するのがごく自然だし、一律にこれだと決めるべきではないと言うのです。大変ものわかりのいい言葉のようですが、短歌には、この言葉は当てはまりません。

短歌は言葉の働きを探り、調べをととのえて、感動を与えるもので、それにはおのずからなる形があり、制約が生まれるものです。つまり、五句三十一音という形の上に成り立つもので、これを破っては短歌の働きは失われます。従って、短歌は、極めれば極めるほど、そこにおのずからなる主張が生じてくるはずで、写実よし、前衛またよしなどとは言っていられないのです。

子規は、「鉄幹是なれば子規非なり、子規是なれば鉄幹非なり」と言い、最後まで与謝野鉄幹らの明星派と一線を劃し、写実でないかれらの歌を認めようとはしなかったのです。一方が是ならば、片方は非なのです。これは短歌における鉄則と言ってもいいほどです。子規の言うことなど、すでに古いというひともいるようですが、真実というものは変わるものではありません。聖書の言葉が、いつまでも生きているのとおなじです。

私は何年か前に、塚本邦雄の左の一首を抜きがきして感想を述べたことがあります。

百歳になつて何する　青空がかへり来てあそぶ糸杉のうへ

この歌は、毎日新聞に「衣川」と題して載っていた五首中の一首ですが、私は茂吉の歌や歌論をかいたあと取りあげたので、

「茂吉の歌のような立ちのびた精神性が私には見られない。一、二句からして観念的であり、歌の背後に理のある侏儒の歌としか私には見えない。子規とか茂吉に見せれば、一言の批評もなく屑籠に入れられる歌ではないかと思われる。しかし、塚本邦雄は前衛風な歌を詠む若手にとっては、いまや神のごとき存在であり、歌壇の寵児である。このように前衛風な歌が吹き荒れるにつれて、短歌はもはや、大衆とは無縁なものになりつつある」

とかいたものです。この一首は、口語と文語が入りまじり、定型の調べがないのにも引っかか

りますが、「百歳になつて何する」という、打ち出しが固いのも気になります。枕詞の章でもかいたように、歌は初句の滑り出しを低く打ち出すというのが定跡のはずですが、この作者は、初句でいきなり意表をつくというか、問題提起のような強い語句が比較的多いように思います。従って、ほとんど「頭重病」の歌になり、歌の背後に必ずといっていいほど「理」がひそんでいるのです。定型を崩してまで「理」を持ち込んでいるので、歌の懐が小さく、立ちのびたものがないように思われるのです。

この一首のように、「百歳になつて何する」と打ち出しておいて、その答えというか、意味あいがはっきりしないまま終っている作品は、味わえというほうが無理というべきでしょう。結局、ここには写実の深さがないという一語に尽きると思うのです。

おりたちて今朝《けさ》の寒さを驚きぬ露しとしとと柿の落葉深く　伊藤左千夫

『左千夫歌集』の「ほろびの光」五首中の第一首目の歌です。左千夫は、「韻文の生命は主として言語のひびきによりて多く伝へられるものである」と言っていますが、読み下して実に調べゆたかで、「今朝の寒さを」と、助詞「を」をおいたところなど、じかに作者にひびき返っています。単なる叙景歌のようでいて、深い生きのいのちがかんじられ、左千夫は、確かにここに生きているのだと感じないではいられない歌です。先の塚本氏の歌と比べてみて貰いたいと思うのです。

その三

写実によって掘り下げられた佳吟は、まだいくらでもありますが、それはまた折にふれて引き出すことにして、ここではごまかしのない歌、つまり嘘のない、正確な歌についてかいてみようと思います。

先にかいたように、井上靖の詩のなかに、「正確なものだけが美しく見える」とあるのは、短歌の場合、いかなるものであるかを見てみようと思うのです。

丈のびし青紫蘇畑の草むしり芳香移りし身に蟬しぐれ

この一首は、いわゆる正確でない詠みかたで、風通しの悪いものになっています。まず、歌の焦点が、「青紫蘇」にあるのか、「蟬しぐれ」にあるのか、「芳香」にあるのか判然としません。「青紫蘇の香」に焦点をあてれば、あとの「蟬しぐれ」は、歌の風通しを悪くする雑音にしか過ぎないのです。

いま一つは、初句の「丈のびし」が、どれくらいのびているのか、一尺か二尺か、この詠み方ではあいまいです。また「丈のびし」が、「青紫蘇」だけにかかればいいのですが、この詠み方では、「畑の草」にまでもかかっていてくどく、端的に情景が浮かんで来ません。

これは、言葉の斡旋が正確に出来ていないわけですが、結局は写生が不確かだということです。

青紫蘇の尺まり伸び立つ畑の草引きつつあれば香に染まりたる

とでもすると、不確かなものはなくなり、結句の「香に染まりたる」に焦点が決まって、青紫蘇も生きてくるでしょう。

歌誌「えにしだ」に「ミニの脚組む」という船山達郎氏の一頁時評があり、そこに次の一首が取りあげられていました。

仕事着はかくあるべしと誰がきめし我は毅然とミニの脚組む

NHKの趣味百科「短歌」の番組の実作指導に取りあげられた歌だそうで、講師は、一首中の「毅然と」については、「昂然と」かまたは「視線払いて」くらいにするといいと言っていたのを、船山氏は、それよりも「ミニの脚組む」を奇異に思い、果してこのままでいいのか、と疑問を呈していたのです。

現代の辞書では、「ミニ」は最小限、小規模、小数などのほかに、「ミニスカートの略」とありますが、それでも「ミニの脚組む」では表現としては粗く不確かで、船山氏が言うように、「普通より小さい脚なのかなあと皮肉りたくもなる」ことも頷けます。

短歌は省略の文学であるので、たとえば、伊藤左千夫の、

秋風の浅間のやどり朝露に天《あめ》の門《と》ひらく乗鞍の山

の初句の「秋風の浅間」は、秋風の「吹いている」という枕詞風に用いられていて、不自然ではありません。

しかし、先の「ミニの脚組む」は「ミニ」を「ミニスカートの略」ということにしても、「ミニスカートの脚組む」ということはあり得ないので、船山氏の言うごとく奇異です。正しく丁寧に表現しようとすれば、実際にのっとって、「ミニスカートより見ゆる脚組む」という風になるのでしょう。

こういう物事そのものの基盤に立ちかえっての表現、これが歌のデッサンということです。つまり、正確に表現すること、さらに言えば写実するということです。

このミニスカートの歌も、この下句を正すことにより、上の句が変り、おのずから一首が立ちかえってきて、この歌のもつ何とない傲漫さは、消えるでしょうし、もっと初々しさをもった、やさしみのある歌に変貌するだろうと思うのです。

これは短歌の表現の問題、また言葉の問題とも深くかかわってきますが、根本にはこのような写実の精神、物を正しく見て、正しく表現しようとする作者の謙虚な姿勢がなくてはならないということです。

地に低く見劣り貧しき草なれど精いっぱいに花かかげをり
見ばえせぬ小花かかぐる庭草の花いたましく抜くをためらふ
雑草のかかぐる花はちさくとも深き彩もて風にそよげり

右の三首は、どれも雑草が花とも言えぬ目立たない花を咲かせていることへのいとしみを訴えているものです。しかし、どれもが既成の概念で詠まれているために、雑草の花のいのちが生き生きとは伝わってきません。

一首目の「見劣り貧しき」の「見劣り」は、他と比較して劣って見えることですし、その上「貧しき」というのですから、粗末な草であることは判ります。が、読者はどのようなイメージを描いてよいのかわかりません。「精いつぱいに花かかげをり」と言っても、このような抽象的な表現ではやはりイメージの描きようがありません。

二首目も、「見ばえせぬ」とは、外見のはえないことですから、大した花でないことはわかりますが、前の歌と同じくイメージは湧かないのです。

三首目は、雑草のかかげている花が小さい、と写生したところはいいのですが、「深き彩」が疑問です。どういう「深き彩」なのか読者にはわからないのです。

吉野秀雄は、『短歌とは何か』の中で、

「深く」といふやうな音数の少ない副詞は使ひやすいのですぐにとびついて情趣を添へようとしたがるものだが、用語曖昧では却て逆効果を来す。

と言っています。これらの三首はいずれも、情趣を添えようとしてそれを急ぐあまり、対象を正しく捉えず、その独自性の実態に目をむけず概念で詠んでいるのです。まず既成概念や先入観の曇りを払って、しっかり、自分の目で見ることです。

同じく、『短歌とは何か』の中で、

わたしは人から写生とはどういふことかと訊かれれば、まづ一切の理窟をさしおいて、

一　正しく観ること。

二　正しく感ずること。

三　正しく表現すること。

の三箇条を掲げるであらう。

とも言っています。簡単至極な言葉ですが、ここには物や感じ方をねじまげた現代の判じ難い歌とは別個の、歌の本源となるものがあります。

言葉の問題

その一

言葉についての論議が、この頃新聞紙上などで目につくことが多くなったようです。ようやく日本語への危機感を覚え始めたということでしょうか。

「来《こ》れる」「食べれる」「見れる」「着れる」などのいわゆる「ら」抜き言葉についても、ひところは、「ら」抜き言葉を認めてしまってもいいだろうか、という声があがっていて、心強く思ったものですが、今では若い人達のみならず大人の中でも使われているようです。

作家の辻仁成《ひとなり》氏が、ある新聞のコラムに次のようにかいていました。

日本語はとても美しい言葉だ。世界的にみてもこれほど美しい言葉はない。私はその日本語に惚れ込んで、詩や小説を書いてきた人間だ。保守的だと言われることを覚悟で言えば、どんなに性風俗がオープンになろうと、政治がすさもうと、私は日本語が美しく受け継がれていけば、この国はまだまだ大丈夫だと信じている人間なのである。韓国のサンプンデパートや、阪神高速道路の橋桁が崩壊したのは、たった一本の釘が原因だったかも知れない。「ら」を抜いた日本語を認めた途端、日本語という伝統美そのものが、あっという間に崩壊してしまう可能性だってあるのだ。

これは日本語の美しさと、それが崩れるときのある危機感を示した言葉だと言えるでしょう。本居宣長は、「歌は言辞の道なり」と言い、歌は言葉の働きの根本法則をおのずから明かす、言葉のもっとも純粋な、本質的な使用法を持っているのだと言いました。この言葉の重さを受けとめれば、歌人達からこそ、先の辻仁成氏のような声と日本語への誇りを聞きたいと思います。

私も辻氏の言うように、なぜ歌を詠むのかと聞かれれば、日本語が美しいからだと答えるでしょう。

事実、私の生まれ育った日本の言葉の美しさを求めて詠みつぐのだと言いたいし、日本語への愛と覚悟をもって、歌を詠んでいきたいと思うのです。

しかし、残念なことに、日本語は今や傷めつけられています。長谷川三千子著『からごころ日本精神の逆説』の中で、谷崎潤一郎の『細雪』についてこんなことが書かれています。

『細雪』は生粋の日本語で出来上がつた小説である。そしてそのために、これは誰にでも読める小説でありながら、また誰にも「理解」されない小説となつてゐる。

百年このかたわれわれにとつて、精神を働かせることはすなはち、「日本語でないもの」に合はせて日本語を切りそろへ、折りたわめる苦闘のことでもあつた。今ではもうすつかりそれに慣れてしまつて、さういふ苦闘を行つてゐるといふことさへも誰も気が付かない。さういふ時に『細雪』の文章のやうな極くあたり前の日本語でしかないものを前にすると、われわれの精神は手がかり足がかりを失つて働きやうがなくなり、途方にくれるのである。

このことは無論、西洋的な考え方しか出来なくなった現代人を対象に言っているのでしょうが、ここで、「生粋の日本語に手がかり足がかりを失つてしまふ」ということは、どういうことなのか、それを短歌によって考えてみることにします。

次の歌は、佐藤志満氏の「鶴・天草」二十一首の初めから抜き出したものです。

夕ぐれの撒餌《まきゑ》に集ふ鶴あまた群の寂しさ睦むことなく

かたまりてさわがしく餌を食ふ鶴の所を変へず夕ぐれてゆく
夕畑にゐる鶴のむれ首立ててしづかにゐるは腹満ちしもの
さわがしく餌場《ゑさば》に群るる鶴のこゑ空に啼くこゑいづれも寂し

もっと抜き出したいくらいですが、谷崎潤一郎の『細雪』を、生粋の日本語で書かれた文章だとすれば、この佐藤志満氏の一連の歌も、生粋の日本語で詠まれた歌ということが出来るでしょう。

これらのどの一首にも、意図的なものや露わに見せつけたものはなく、ごく自然に対象の鶴の群れのなかに入り込んで詠んでいるということです。夕暮の畑に群れている鶴と、それを見ている作者の姿が、一体となって、そこから醸し出される言い知れぬ寂しさが漂ってくる歌です。日本家屋の内と外とが、縁側によって繋がれているような、心にくいほど融通無碍《ゆうずうむげ》な詠みぶりがここにはあります。

しかし、日本の家屋に縁側が少なくなってきたように、こういう本物の詠風がまるで味わえなくなった現代歌人がふえて来ているのも事実です。短歌総合誌に、ある歌人がこの佐藤志満氏の一連を評して、

「何回読んでもとる気になれなかった。平板すぎて感興をおぼえないのである」

と、まったく無視しているのです。『細雪』に手がかりを失った人のように、この評者は佐藤志満氏の歌に手がかりを得られないでいるのです。

個性とか、内面の心理とか、社会性とかのいわゆる西欧風な「理」がここにはないので、前衛的なこの評者には味わう手だてが見つからず、推賞してやまない作品として、あげているのは次の歌です。

五月闇窺ひをれば花も咲き人生れ人死ぬる告知が跳ねつ
町角に別れむとしてうごきたる眼の奥の同性感覚とはに

というもので、ここで評者は、右の一首目を、「人の世の生死を深く知る秀歌」とし、二首目は、「大人の女の歌である。ああ、オレも一度は女に生まれてみたかった、とつい思ってしまう」と、底抜けに賞しているのです。

右の歌などは、本居宣長に言わせれば、唐《から》ごころの歌で、「告知が跳ねつ」にしろ、「同性感覚とはに」にしろ、感覚の遊びで実体のない、頭で作った人工の卑小さと気取りしかない歌です。日本語でありながら日本語でない歌と言えるでしょう。

唐ごころ、さかしら心に汚染された人には、もはや純粋の日本語の働きも、その歌もわからなくなり、いわく思想、いわく心象、いわく暗喩、いわく個性、いわく理知などと言って、あげくの果てには、日本語を捨てて外国語をみだりに取り入れたりしているのです。

その二

先に「ら」抜き言葉についてすこし触れましたが、それについてある人がテレビで、現代はスピード時代で迅速を尊ぶから、言葉も意が通れば短い方がよいのだと、「ら」抜き言葉を肯定する発言をしているのをきいて、おどろいたものです。

いまひとり、国語審議会の委員が、言葉をあまり縛ると、若い人のパワーがなくなってしまうのだと、まことしやかに言っていたのを聞いて、首をかしげました。またその委員は、ジーパンにはジーパンに似合う言葉があるのだとも言っていました。これでは、言葉はファッションの一つに堕し、日本語は果て知れず乱れてゆくでしょう。言葉を近代合理主義の経済社会の道具としてしか考えられなくなった俗論と言っていいでしょう。

「来られる」の「ら」を抜いて「来れる」でいいとすれば、日本語のもつ床しさも膨らみもなくなってしまいます。言葉の隈《くま》がなくなるのです。この一語をとってみても、日本語は限りなく深く、しかも果てしれない広がりをもっています。

丸谷才一氏は、『桜もさよならも日本語』の中で、

「投げれる」「見れる」「来れる」の類が平気で使はれてゐる。なかには「出れる」なんて言ふ人もありますね。「試合に出れる」とか、「試合に出れない」とか。いかにもデレリとした感じで、きたないぢやないか。

と言っています。それが、最近ではますますエスカレートしてきているのです。

文学に於ける言葉は、命です。歌における言葉は、命であると同時に、言霊であり祈りでもあります。言葉は、単なる符牒ではないのです。

前回もかきましたが、本居宣長は、「歌は言辞の道なり」といい、「言葉の粋」だと言いました。言葉には長い間、人々の使ってきた歴史があり、伝統があります。

子供は言葉を覚えるのに、意味を知ってから覚えるのではないのです。例えば、「お早う」という言葉も大人のいう「お早う」を真似して覚えるのです。ですから「お早う」という言葉の意味を完全に理解するには、「お早う」と言い返すよりないのです。言葉は行為のしるしで

生活の産んだものであり、頭脳の産物ではないのです。ここに言葉の本質があります。この言葉の本質に気づき、言葉の働きを明かすのが歌だと本居宣長は言っているのです。その生活された言葉を探るために、宣長は三十年をかけて『古事記伝』をかいたのです。

ですから、宣長は歌は読んで意を知るものではなく、味わうものだというのです。歌が、読んで意を知るものになった、つまり知的理解を要するものとなったところから、一つの技芸に堕したと宣長は言っています。

それが、最近は、知的操作を要する、修辞に頼った歌でないと頼りなく思う傾向にあります。歌が宣長の言う技芸の一つに堕したきらいがあるからです。短歌総合誌などを開けば、すぐ目につくし、批評などにもそのような歌が多くとりあげられています。ちょっと拾い出してみます。

夏ゆけばいつさい捨てよ忘れよといきなり花になる曼珠沙華

庭木さへ身をよぢりつつ風呼ぶにこの世いよいよ不透明なり

氷《ひ》の風にいたむ水面《みなも》を縫ひ綴ぢて真鴨真冬のきららなる芯

問はぬこと答へぬことばふくらみて虚《そら》青くなり椿ほころぶ

拾ひたる小石ひとつが手に温《ぬく》し火山歩けば火山の倫理

ここに抜き出したのは、初心者のものではなく、ほとんど有名歌人の作品ですが、どれも知的操作を要するある一つの技巧のパターン化をみることが出来るでしょう。

つまり、言葉が言葉そのままの広がりを持ってはいないのです。どの一首も、「理」をひそめた謎解きのような難解さがあります。歌を味わうというより、まずその意を理解してかからねばなりません。このような内容は、歌にするより、散文詩または散文でかけばもっとスマートで豊かになるでしょう。

しかし、こういう風に言葉に理を入れ歪めなければ、平凡だという風潮が今の歌壇にあることは確かなようです。歌を味わうというのではなく、まず考えさせる内容でなければつまらないというわけです。そのために、言葉の自然な発露より先に、頭で言葉を操り出す苦闘を経なければならないのです。

しかし、これでは、言葉が窒息しそうです。歌は言葉をそのまま、日本語を日本語そのまま、生まれ立てのように新鮮にあらしめねばならないと思います。

先日、吟行会で、松山の道後に行き、砥部焼の町を訪ねました。そこには、坂村真民氏が住んでいました。坂村真民氏には、「念ずれば花ひらく」という次のような詩があります。

念ずれば
花ひらく

苦しいとき
母がいつも口にしていた
このことばを
わたしはいつのころからか
となえるようになった
そうしてそのたび
わたしの花がふしぎと
ひとつひとつ
ひらいていった

というものです。最初の題名はやや宗教的なものですが、このあとにつづく詩の素直さと平明さが、たまらなくいいのです、そこには無限のひろがりがあります。この言葉は、現在、真言碑となって世界の五大陸に建立され、その数三百五十に及んでいると聞きます。

この詩の言葉に、先の歌のような「理」を入れれば、これほどの力はなくなるでしょう。文学の言葉、特に歌の言葉は、「理」を入れたものになると、深いようでいて、実際は薄っぺらなものになり、言葉本来の力を弱めることを知るべきです。言葉のもつ無限の働きが失われ、硬直するからです。

時代性や思想の理のある修辞を入れた歌が、知的優越感を持たれがちですが、そのような優越感などは文学からもっとも遠いものと言わねばなりません。

その三

私の住んでいる千葉の新開地の道の両側に並ぶ看板を見ると文字の大半が横文字です。洗濯屋しかり、理髪店しかり、食堂しかり、ガソリンスタンドは勿論、本屋も「ＢＯＯＫ」の看板になり、その両側の壁にも横文字ばかりが並んでいて、洋書専門の店かと見まがうばかりです。何か異邦人の思いで、町を行かなければなりません。

日本の国語は、いまや、何の抵抗もなく急速に乱れ、失われつつあります。

「国語が乱るれば国亡ぶ」

と言われますが、現在、日本の国語を正しく使っているところは、テレビをはじめほとんど皆無の状態です。正しい日本語、美しい日本語を守るのは、今歌人に与えられた大きなまた尊い使命ではないかと思われてなりません。

短歌が口語化する今日、文語のもつ力といったものについて、すこしかいてみます。このことに関して、いつか、ある鼎談で詩人の新川和江氏が次のように言っていました。

——七音の文語は、口語の十音分も十二音分も、場合によっては無限の磁場を持つことができると思えるのです。言語の力が歌を内側から膨らませる働きをしている。それに比べて、この頃口語で短歌をおかきになっている人がいますが、口語というのは、三十一音には三十一音分の内容しか盛り込めないような気がするのです。深い内容を盛りこむこともちろん不可能ではないのですが、それができてないと、ひどく貧相な棒切れが一本立っているというような感じの歌にしかならない。それならば、いっそ三十一音の枠などは捨ててしまって、自由詩をお書きになればいい——

というものです。

ここには、長い歴史によって培われてきた文語の持つ奥深さが語られています。たしかに、文語は口語とちがって、切れがよく、ひびきを持っています。たとえば、「ありにけり」という単純な文語でも、「あった」という口語とはちがったひびかう音と深み、余韻があるのです。

口語には口語の持つ日常性とか親しさのようなものがあるので、自由律の歌を詠むにはいい場合もありますが、定型の歌を口語で詠むと、短歌としての深さも、ひびきも出せないのが普通です。

短歌では、また俳句でもそうだと思いますが、結句をよみ終ったところから、ひろがっていく何かがなければつまりません。単一に詠みおさめた言葉から流れていく何かです。それは意味でなく理屈でなく、言葉そのものから尾を引いてひびかってゆくものです。

かりに、「赤かりにけり」という極めて単純な結句でも、上句からの流れで、この単純に据えた結句が、場合によれば無限の働きをして広がっていくことがあるのです。

子供等の拾はずなりしおそき栗今朝《けさ》のあさけの露にぬれたり　　土屋　文明

右は、歌集『自流泉《じりゆうせん》』に収められた「続川戸雑詠」のなかの一首です。敗戦後の食糧難の時代に、疎開先の川戸で栗拾いに出かけても、子供たちに先に拾われていてなかなか見つからなかったのに、ある朝明けに、落栗を見つけた時の歌で、

「露にぬれたり」

と収めた結句が、万感の思いで詠まれているのです。つやつやと光っている落栗が目に見えるようで、この結句からひびき漂ってゆくおもいは、底知れないものがあります。それは、一つには、文語のひびきのなかから流れてくるもので、これを口語で詠んでも、これほどの生き生きした深さは出せないでしょう。

寄する波あらずたゆたふさざなみのつね絶ゆるなき淡海《あふみ》のうみや　　大塚布見子

この歌は私の歌集『遠富士』の「淡海抄」のなかの一首ですが、さざ波の打ちつづける琵琶湖の湖面に感動して詠んだものです。「淡海のうみや」と、結句を詠嘆の助詞でとどめるまで、絶えまないさざ波の動きを目に追っている一首で、これを口語で詠んでもこのうごきは捉えられなかったと思うのです。文語のもつおのずからなる律動が助けてくれた一首だと思います。

さまざまな意見があっても、結局短歌が文語で詠まれるのは、つづまりは文語のもつひびき、律動によって、歌が生き生きと働いてくれるゆえに他ありません。

新約聖書の「ヨハネによる福音書」の冒頭の一節は、学生時代から私の愛唱しているもので

すが、その頃の聖書には、

初めに言葉ありき　言葉は神と共にありき　言葉は神なりき

と文語でした。それが、この頃の新しい聖書では、

初めに言《ことば》があった。言《ことば》は神と共にあった。言《ことば》は神であった。

と口語になっています。これでは何か物足りなさを覚えるのは、あながち私の青春時代への懐旧の思いのためだけとは言えません。明らかに、文語と口語の違いによるものがあるのです。口語では、文語のもつ律動、たゆたい、ゆらぎ、そして格調がないのです。従って、聖書の言葉が、至って軽く、平板にひびくのです。

戦後の昭和二十一年に、桑原武夫が、雑誌「世界」に俳句は素人玄人の差がなく、真の芸術とは言いがたいとして、いわゆる「第二芸術論」をかいたことにより、日本の伝統詩である短歌も大きくゆらぎました。そして昭和二十三年には、小野十三郎が「八雲」誌上で、「短歌の韻律に抗して」という命題のもとに、

短歌の韻律は奴隷の韻律である

ということをかいたのです。つまり、短歌の五七五七七の三十一音の音律にとり込まれてしまうことを、奴隷になるといったのです。

こんなことから、従来の短歌的韻律にとり込まれてはならないということで、短歌を新しくしよう、短歌的抒情に訣別しなければならない、などという考え方が支配し、短歌がしだいに散文化の方向を辿り、意味を追う意味の詩というものに変貌したと言ってもよいのです。

しかし、短歌が、現代詩や西洋詩や漢詩や俳句に追随しないで、日本本来の歌でありつづけるためには、定型詩としての文語脈とその音律を捨ててはならないと思うのです。文語脈のなかに、短歌はひびき合い、滅ぶことのない深い魅力を保ちつづけると思われます。

その四

菊池寛は文藝春秋社を興し、芥川賞、直木賞の作家登竜門の賞を設け、みずからも多くの小説や戯曲をかいた作家ですが、そんなかれが、作家になるための必読の書としての第一番に、『万葉集』をあげています。菊池寛はみずからもかいているように、現実主義者ですので、この必読の書も実際に即してかいたはずですが、『源氏物語』『古今集』などは読む必要がないとしながら、第一番の必読書に、『万葉集』をあげているのは、万葉集の歌のもつひびき、迫真力、現実的な手ざわり、そういったもろもろのものを学ぶべきだと言ったのではないかと思うのです。

同時にそこには、古語そのものが持つ働きに対しても、たしかに惹かれるものがあったにちがいありません。

尾山篤二郎の『無柯亭歌論集』のなかに、斎藤茂吉の『赤光』の歌にある古語について、次のようなことをかいています。

此頃二三読んだもののなかに、斎藤茂吉の歌は好きだが、歌ごとにかくかくの古臭い語があるので反発する、というようなことをいっていた。ところが吾々の場合は全く反対であった。茂吉の『赤光』に心をひかれたのは、その近代的な表現の間々に実に古い言葉が塩梅されていたので、それに心を奪われたのである。というのは、吾々は全く古語を知らなかった為に却って魅力を感じ、また多少知っていたにしてもああいう風に使用出来るものと気がつかなかった為に魅力を感じたかした訳である。

ここには、論客として知られた篤二郎の実に素直な感懐がのべられていますが、篤二郎が惹かれた古語をもちいた『赤光』の歌をいくつか抄出してみることにします。

浅草の仏つくりの前来れば少女《をとめ》まぼしく落日《いりひ》を見るも
たらちねの母の辺《べ》にゐてくろぐろと熟《う》める桑の実を食ひにけるかな
小田のみち赤羅《あから》ひく日はのぼりつつ生《うま》れし蜻蛉もかがやきにけり
花につく赤小蜻蛉《あかこあきつ》もゆふされば眠りにけらしこほろぎのこゑ

四首を抜き出しましたが、古語とみるべきものに傍線を付けました。三首目の「赤羅ひく」は日の枕詞です。あとの傍線は、古語と言ってもだいたいわかる言葉だと思いますが、こういう古語が『赤光』には実にまめに駆使されています。古語を取り入れることで一首をしなやかに、また、たゆたいをみせ、奥行きをみせ、あるいは躍動感を与えていることに気づくでしょう。

この頃は現代の短歌に古語はなじまないとか、現実感がないとかの理由づけをして、嫌う歌人がいますが、古語を捨て去らず、そのよさを守り育てていくのは歌人でなければ出来ないことです。

高槻のこずゑにありて頬白のさへづる春となりにけるかも　　島木　赤彦

この一首は『太虚集』に収められていますが、赤彦の逝去する三年前の作品です。赤彦の住居のある信州の下諏訪高木の村で詠まれたもので、諏訪湖が凍りついた冬から抜け出そうとする頃、高槻の梢に鳴きはじめた頬白を見て、春になったよろこびを全身で表した歌と言えるでしょう。それは下句の「春となりにけるかも」という単一とも言える収めかたから来ているとも言えます。

茂吉にしても赤彦にしても、単なる古語の借用ではなく、古語のよさを知りつくし、命をかけて、叫びのごとく詠み切っているということです。

茂吉や赤彦らがこうして古語を大胆に生かして、つぎつぎと佳い歌を詠んでいる時代でも、古語というと嫌った歌人も多かったのですが、尾山篤二郎に言わせると、それらは食ってみないうちから眉をしかめているものが多く、結局古語をマスターする力量がなかったからだというわけです。

古語は、なじめないからといって初めから毛嫌いをしてはいけないのです。命をかけて、全身で味わってみることです。そうしてはじめて、古語の佳さが身にしみて分ってくるでしょう。

藤原定家の『近代秀歌』に、

ことばは古きを慕ひ　心は新しきを求め　及ばぬ高き姿を願ひて　寛平以往の歌にならはば　おのづから　よろしきことも　などか侍らざらむ

という有名な言葉があります。これは、

「歌の言葉は、古い時代の言葉を用いるように心がけ、歌の心は新しいものを追求していく。そして、追いつくことの出来ないほど高くすぐれた歌の姿を、そうありたいと願って、寛平（平安前期）以前の古い時代の歌を目標として作るならば、自然に、かなりの歌が詠めることもどうしてないと言えようか」

というのです。

谷崎潤一郎も、その『文章読本』で、今風の言葉は、なるべく避けるほうがよいと言っています。それは、言葉というものがみな過去から伝わってきた伝統的なものであるからで、今風になると、言葉がどうしても軽く、粗くなるのです。

このことを、丸谷才一氏はやはりその『文章読本』で、

出来たばかりの言葉にくらべ、在来からある言葉が奥床しいのは当然である。それは一つには、歴史によつてよりすぐられたあげくわれわれのところへ届けられたものだからで、つまり、劣悪なものはかなり整理されてゐるだらう。

とかき、何代も何十代もの人々の手を経ているうちに、古びがつき、その古びのせいで優雅な、格式のあるものになる。つまり、歳月のおかげで言葉の奥行きが深くなり、余韻が生じると言っているのです。

これは、「ら」抜き言葉のつまらなさに通じるし、また古語を用いる短歌の佳さにも通うものだと思われます。

この項のおわりに、茂吉の最晩年の作品二首をあげてみます。古語をもちいていて、決して古くなく、調べゆたかに詠みあげているのがわかるでしょう。

七十路《ななそぢ》のよはひになりてこの朝けからすのこゑを聴かくしよしも
いかづちのとどろくなかにかがよひて黄なる光のただならぬはや

秀歌とは

その一

「言葉の問題」には、漢語についてとか、平かなと片かなの問題とか、そのほかにまだまだかくことが残っていますが、それらは、作品の鑑賞や添削の折に、逐次かいていくことにします。

そこで、いったい、よい歌とはどんな歌なのか。それをひとことで言えと言われれば、耳できいてよく判り、心に沁みてくる歌、と答えていいかと思います。

最近は、活字文化の時代だから、読んで味わうべきだという人がいるでしょうが、短歌は三十一音の短い形ですので、読むよりも先にやはり耳できいて判らなければ、いい歌とは言えないはずです。

もう一昨年のことになりますが、ある短歌文学賞の授賞式に呼ばれて、某会館に出かけて行ったことがあります。その折、会館の正面をはいった所で、前を並んで行く二人の男性の先輩がいました。

声をかけようとして近づいた時、前を行く一人が、

「こんどの○○の歌は、判りますか」

と、その日の賞作品のことを横の人にきいたのです。すると、

「判りませんねえ。前回のも、判らない歌がだいぶあったけれど、こんどのはひどいですねえ。判らない歌が、ほとんどですね」

と、ひとりが首をひねりながら言っているのです。私は声もかけられず、おかしさをこらえて、あとからついて行ったことがあります。

短歌作法の大事なスペースを割いて、なぜこんなことをかくのかと言いますと、これが、奇妙としか言いようのない現在の歌壇の情況だからです。

要するに、賞作品になる歌は、前衛風の判じがたい歌がえらばれるということです。しかし、これはまったく異常な状況であって、こんな奇妙な歌壇のありようは、早晩変っていくだろうと思います。そうでなければ、短歌は誰にも相手にされなくなり、この世から消えてなくなってしまいます。

本当にいい歌とは、それはやはり、先にかいたとおり、耳できいても味わえる歌でなければ

ならないと思うのです。これから、そういう秀歌を、明治以降の歌群のなかから抜き出し、どこがいいか、つぶさに見てみたいと思います。

かりがねも既にわたらずあまの原かぎりも知らに雪ふりみだる　斎藤　茂吉

最上川逆白波《さかしらなみ》のたつまでにふぶくゆふべとなりにけるかも　斎藤　茂吉

この二首は、第十六歌集『白き山』の「逆白波」に収められた歌です。終戦の翌年、昭和二十一年一月から、最上川岸辺の、大石田村の二藤部《にとべ》兵右衛門宅の離れ屋に移って、ひとり住んでいた時のもので、おのずから孤愁のひびきが歌の背後にはあります。

二首目の「最上川逆白波」の歌は、前にも取りあげましたが、そのときは歌の単純化をテーマにしてかいたので、鑑賞が重複しないようにもう一度味わってみたいと思います。

この歌は、多くの人が茂吉の絶唱として推賞していますし、私も茂吉全歌集のなかで、五指に入る傑作だと思っています。

それはひと口に言えば、一首の焦点である「ふぶくゆふべ」に、すべての語句が集中してたたみ込まれている、つまりどの語句も、「ふぶくゆふべ」に結びついて一本に印象の統一が出来ているということです。しかも、荘重な調べをもって単一に詠み切り、「ふぶくゆふべ」を浮きあがらせています。

「逆白波のたつまでに」と、ここで休むともなく一呼吸おいたのも、次の「ふぶくゆふべ」を際立たせる間《ま》となっていて、何となくそこに茂吉の深い孤独感のようなものが覗いているのをかんじるのです。実際、終戦後の暗い時代に、毎日のごとく最上川の岸辺に出て、あのひろい川面に目を投げていた茂吉は、誰にもわからない深い孤独のなかにいたように思われるのです。逆白波の立つようなすさまじい吹雪を、単一に大きく詠みきったひびきのなかに、そんな計り知れない寂寥感と孤独感の影がうかがわれてなりません。

こういった寂寥感は、前出の一首目の「かりがねも既にわたらず」の歌にも、自然に出ています。この一首も、字面の配列と言い調べといい、また結句の「雪ふりみだる」の焦点へながれるごとく言葉をたたみこんだところ、それになお結句を二音と五音で切って据わりよく置いたところなど、決まった歌と言っていいでしょう。なお、ラ行音を効かせて律動を出したのもよく、やはり秀歌の一つに数えていいかと思います。

しかし、「最上川逆白波」の歌ほどの充実感というか迫力がかんじられないのは、一、二句の「かりがねも既にわたらず」が、「あまの原」の説明ともつかぬ説明になっていて、「あまの原」との間に、かすかながら休止があり、それが結句を読み終った時に、いくらか邪魔しているように思われるのです。微妙なところですが、それがこの秀歌のひろがりを止めているところと言えそうです。言いかえれば、一、二句の情景のために、結句の「雪ふりみだる」の焦点への密度が、やや薄くなっているということです。

最上川に手を浸せれば魚の子が寄りくるかなや手に触るるまで　　斎藤　茂吉

この一首も、『白き山』におさめられたもので、やはり茂吉が大石田の離れ屋にひとり住んでいた時のものですが、前出の二首より、四、五箇月ばかり前の秋のひと日の作です。

最上川の歌は前出の二首をふくめて割合暗い歌が多いのですが、この一首はいかにも明るく、茂吉のひげの顔がゆるんでいるのが目に見えるようです。

「浸せれば」は、このばあい順接条件を表し、「浸すとすると」の程の意です。この一首はここで切るともなく切り、また、「寄りくるかなや」で切り、こうして二箇所で切ったのが一つの間《ま》となっていて、動きを立体的にし、情景が順を追ってうごいているのを見せています。結句、「手に触るるまで」と、具体化して動きで止めたのもよく、小魚が群れて茂吉の手に触れているのがわかる歌です。

前出の二首の格調高い歌とはちがって、動きを具体化した詠み方ですが、茂吉には時々こういう一見無造作とも見える詠み方をして味のある歌があります。

こういう歌のどこかに、前衛風な理が入りこめば、それだけで歌はしぼみ、言葉の働きが消えていくのを承知している詠み方で、そのまま、ありのままに単一に詠んで、かえって一首に生動感をみせているのです。

その二

作家の横光利一は、講演など人前で話すことを大変嫌ったと言います。また井上靖もテレビに出るのを嫌がっていたようです。横光利一は、人前で話すと毛穴まで見られているようで、話したあとは何日か文章が荒れて困るからだと言っていたそうです。

これらは、芸術家に共通した含羞ということを物語っているのでしょう。含羞は、芸術家の欠くべからざる特性の一つかと思っていたのですが、最近では、含羞を持った人が少なくなったように思われます。

歌をみても、相手に理解してもらうというのではなく、ぐいぐいと一方的に押しつけてくる歌が多く、読む方が身を反らせたくなるものがあります。読者のはいる空間というか、ゆとりというものを残してほしいと思われてなりません。

三好達治がその著『諷詠十二月』のなかで、

「素人らしい単純さ、強ひて奥深く踏みこまうとしないうぶな詩趣」の魅力を説いています

が、この深く踏み込まない節度、というものを歌にとり戻したいと思うのです。それは和《こた》え歌

としての日本の歌のあり方ではないかと思われるからです。

有明の霞ににほふ朝もよしきさらぎ頃の夕月もよし
山里は松の声のみ聞きなれて風吹かぬ日はさびしかりけり
冬畑の大根の茎に霜さえて朝戸出さむし岡崎の里
滝の音みねの嵐も聞きなれて朝寝《あさい》するまでなりにけるかな

三好達治は、大田垣蓮月尼のこれらの歌をあげ、

蓮月の詠歌は右の如く、良寛の万葉ぶりとはその外見に於てこそ相似ないが、その歌心の軽妙にして凝滞せず、言々句々に巧まざる実感の自ら充実して、殆ど直ちに作者の謦咳そのものを聞くが如き感あらしめるその歌ひぶりの、あくまで融通無礙で、その上どこか素人臭

く、いささかも達者ぶつた跡の見えないのは、形体の外に両者は共通する本質の著しきものあるを感ぜしめる所以である。

と言い、素朴単純な、そしてまた可憐ともいうべきもののある蓮月尼の詩歌への愛情を語っています。三好達治はまた、

もともと作歌諷詠に素人の玄人のといふことのある訳のものではないが、世間並の常識の眼で見れば、まさに蓮月の歌ひぶりなどは、その修辞のうひうひしく、時にはまた手づつ（達治注「不器用という程の意」）で、溢れるやうに実感のあり余つた点で、――奇妙な理屈だが、当時の時世には最も素人臭く感ぜられるところのものであつたに相違ない。

と言い、

わが肩に春の世界のもの一つくづれ来しやと御手を思ひし
垂幕《たれまく》もとばりも春は襞つくれ思ふ人らのたはぶるるごと

など、与謝野晶子の歌十首をあげ、蓮月尼の歌の風雅とは反対のこしらえごととしての匠気衒

気と呼ぶべきものを明らかにし、そのつまらなさを浮かび上がらせています。頭でひねくり回したり、感覚におぼれて、衒《てら》った言葉をつかった歌は浅いと言うわけです。
すこし前おきが長くなりましたが、ここで再び歌を取り出して鑑賞してみたいと思います。

庭中の松の葉におく白露の今か落ちんと見れども落ちず　　正岡　子規

「五月二十一日朝雨中庭前の松を見て作る」と題して、新聞「日本」に発表した十首中の第八首目の歌です。
松の葉の白露が落ちんとして落ちあえぬ一瞬を捉えた作です。露の玉が、ゆらゆらと揺れているのが実に鮮やかに詠みとめられていて、何の理窟もここにはいらないのです。「今か落ちんと」と言っておいて、「見れども落ちず」と、とどめた呼吸がよく、自然の摂理の不思議さともいうべきたたずまいがあります。息をとめて見守りたい歌です。

瓶にさす藤の花ぶさみじかければたゝみの上にとゞかざりけり　　正岡　子規

新聞「日本」に連載中の随筆「墨汁一滴」に発表した十首詠の第一首目にこの歌がおかれています。

「みじかければ」の「ば」は、已然形に接続し、順接用法で、「……ので」「……から」の意です。

ここでは何等むつかしい語を用いず、ナイーヴに対象をとらえていて、何とない妖しさがあります。それは「みじかければ」と言って、畳の上にとどかないと収めた結句から、ふっと漂ってくるものです。

従って、ほんとうは藤の花房は短くはなく、長いのです。長い花房だから畳の上の方にまで垂れ下っているけれども、畳にはとどかない。それを作者は見守りながら、そのまま息を詰めるように詠み下しているわけです。

写実詠でありながら、妖しさをかんじさせるのは、「みじかければ」という間《ま》の取り方からきているとも言えましょう。

わが家と定められたる家ありて起き伏しするはたのしかりけり　三ヶ島葭子

自分の家ときめられた家に住むことは、人にとっては当り前のことのようですが、それをこのように「たのしかりけり」と詠まざるを得ないところに、葭子の薄倖の来し方がうかがわれます。

「家」という語が、重ねて使われていて、家を強く作者に引きつけているのも、いかに自分の家としてきめられた家のあることが喜びであり安らぎであったか。それが端的に「たのしかりけり」と詠まれているところは、先の大田垣蓮月の歌に通う素朴さがあると言えます。

しみじみと障子うす暗き窓の外音たてて雨の降りいでにけり　三ヶ島葭子

薄ぐらい窓の外に雨が降りだした、というただそれだけのことですが、障子の内にいる葭子の孤心が、音立てるように感じられます。第二句と第四句の字余りが、訥々として思いを沈めているのです。「障子うす暗き」も、よく効いた言葉です。季節から言ってももう古くなった障子だったはずで、その障子の内側で、葭子はひとり本でも読んでいたのでしょう。うす暗くなった障子の外に、しみじみと降り出した雨の音をきいて、葭子はたまらなく寂しかったにちがいありません。そんな寂しさが、字句の隅々にまで出た歌と言っていいでしょう。

斎藤茂吉は『三ヶ島葭子全歌集』の序文に、

「語々句々に生が滲徹して居り、読む者をして涙をもよほさしめねば止まない」

とかいていますが、子規にしろ、葭子にしろ、強いて踏みこまないよさが、かえって読者の胸に強く打ってくると言えそうです。

その三

日本語の表記は、平仮名と漢字がまじり合った独特の美しさを持ったものですが、万葉集の時代には文字がなく、中国の漢字の音訓を借りて書きしるしました。いわゆる万葉仮名です。

春過而《はるすぎて》　夏来良之《なつきたるらし》　白妙能《しろたへの》　衣乾有《ころもほしたり》　天之香来山《あめのかぐやま》

『万葉集』巻一・二八

というふうにです。平安時代以後、平仮名、片仮名が生まれました。仮名は、漢字を「真字《まな》」というのに対する「仮字《かりな》」の転です。広義には、日本語を表すための漢字の一用法で、つまり、漢字の字体を簡略化して作られた音節文字です。従って平仮名、片仮名は、一字一字が音を表し、意味を持ちません。これを表音文字と言います。

漢字は、これに反し、意味を持つ表意文字です。ここに漢字と平仮名による日本語表記の不思議なあやが生まれたわけです。因みに、この頃流行の片仮名言葉の「片《かた》」は、不完全の意で、一説に「醜《かた》」の意だとも言われています。

因みに『万葉集』は漢字で書かれているので、「和歌集」とは言いません。『古今和歌集』

『新古今和歌集』など後世のものは平仮名で書かれているので「和歌集」と言います。

書道などでは、この漢字と平仮名の散らし方で、視覚的な字面《づら》の美しさが云々されますが、歌でも活字文化の現代では、こうした視覚的な点にもやはり意を用いていいかと思います。

はつなつのかぜとなりぬとみほとけはをゆびのうれにほのしらすらし　　会津　八一

『南京新唱《なんきょう》』のなかの一首ですが、平仮名ばかりでかかれています。この平仮名のまろやかさが、古き世のみほとけのまどけさに通う詩情を漂わせているのです。漢字を使っていないだけ、意が露わにならず、婉曲に訴えられるからです。「をゆび」は小指のことです。

電信隊浄水池女子大学刑務所射撃場塹壕《ざんがう》赤羽《あかばね》の鉄橋隅田川品川湾　　斎藤　茂吉

歌集『たかはら』の「虚空小吟」中の一首です。

「昭和四年十一月二十八日　東京朝日新聞社の厚意により立川より飛行して吟詠を恣にす」の詞書がありますが、飛行してゆくに従って移ってゆく地上の景を、漢字の名詞ばかりを連ねることにより平面的効果をあげています。が、ここには、やはり大和歌としての艶がないことも確かです。

会津八一と斎藤茂吉のこの歌でわかると思いますが、会津八一の平仮名書きの歌は、大和言葉でよまれており、斎藤茂吉の歌は漢語でよまれているということです。

大和言葉とは、有史以前から日本人が使いつづけてきたいわば血肉ともなった言葉です。漢語は本来は中国からきた外来語です。外来語とは、他の国の言語が借用され、国語化された言葉を言います。

漢字は「雄」と「大」の二つが複合して「雄大」、また、「国」と「家」で「国家」、「新」と「鮮」で「新鮮」のように単語を作ります。これを漢語、あるいは漢熟語と言います。従って漢熟語には、意味が詰まっているのです。いわば、意味のパックされた言葉だと言えるでしょう。

いつであったか、ある人の歌集出版記念会に行った時、私がスピーチで「漢語の歌より大和言葉の歌を」と言ったことで、何人かの人より「漢語を使っても構わない」という反論がありましたが、最近は、機械文明の世の中ですので、わざと漢語を使って無機質な非情性をうち出したり、そこに何かの新しさを求める傾向があるようです。

このことに関連して、渡部昇一氏の『日本語のこころ』（講談社現代新書）での言葉を紹介しましょう。

日本人が「気負《きお》い」をなくして自己の情緒の本然《ほんねん》の姿にもどるとき、つまり魂のふるさとに回帰するとき、その表現は大和言葉になるのである。その典型的な例は日本の和歌である。古今の絶唱と言われるような名歌は、たいてい大和言葉オンリーで出来上っている。

として、

石《いは》ばしる垂水《たるみ》の上のさ蕨の萌え出づる春になりにけるかも　　志貴皇子

の『万葉集』巻八・一四一八の一首をあげ、

説明は何もいらぬ。これは静かな、魂の奥の奥からくる、まことにこまやかな感動である。日本人はこの種類の感動からは醒めることはない。

と言っています。そして、芭蕉の句や茂吉の歌を引き出して、大和言葉にしかないその作品の感動的なよさをかいていますが、ここで私も、大和言葉で詠んだあるひとりの初心のひとの作品をあげてみます。

九十路《ここのそぢ》の母にもてなす焼そばの麺より細くにんじん刻む

いつもは一緒に住んでいない九十歳のお母様をお迎えした時の歌のようです。そのお母様にもてなす焼そばには、麺よりも細く人参を刻むというのですが、この具体的な作者の行動に、母へのあつい思いがこめられているのです。

美辞麗句を並べ立ててもこのように切実な愛情のひびきは訴えられません。飾り気のない素心が、写実の歌のなかに生かされたと言うべきでしょう。もしここに、漢語を使って新しさを出そうとし、例えば、

九十歳の母に饗応の焼きそばの麺より繊細に人参刻む

とでもすると、そのやさしさの情は消えてしまいます。むろん漢語には漢語のもつ深さや重みはありますが、短歌のばあいは、歌としての調べに乗りにくく、歌の伸びを欠くことが多いのです。つまり、言葉のこなれがないということになります。

ここで、格別の言葉を使わず陳腐にならず、いつまでも新鮮で、魂にふれてくる六月の季節の歌を、少しあげてみます。

小さなる蚊帳《かや》こそよけれしめやかに雨を聴きつつやがて眠らむ　長塚　節

海越えて安房《あは》の国よりひと籠の枇杷ぬれて来ぬ雨そぼふる日　金子　薫園

より来りうすれて消ゆる水無月《みなつき》の雲たえまなし富士の山辺に　若山　牧水

天地《あめつち》はすべて雨なりむらさきの花びら垂れてかきつばた咲く　窪田　空穂

繰りかえしくり返し読んで味わってほしいと思います。

その四

マスコミ界がこの頃どうも怪しくなってきたように思います。いや、もっと以前からであったというべきでしょうか。坂本弁護士事件のビデオ問題にしても、根は深いように思われます。人々の心に日本は本当に大丈夫なのか、日本は一体、これからどうなってゆくのだろうか、大方の人が、そんな何とない不安を抱いている昨今ではないでしょうか。

今は亡き作家の遠藤周作が、ある新聞のエッセイに、この頃の言葉の乱れについてかいていたことがあります。それは、

「朝のモーニングショー」などで、出席者がやたらと「生きざま」「部分」という言葉を口にする。「彼女の生真面目な生きざまが」とか、「彼のひたむきな部分が」というような使いかたである。そういう時、嫌な表現だなあと感じるのである。そんな日本語ってあったか知らん。

とかき、最近は間違った日本語がヴィールスのように伝染しているとして、

アナウンサーはできるだけ日本語の正しい読みかたをしてください。日本語を我々の子孫に伝えるために。

ということでした。遠藤周作がこれをかいていたのは、もう何年も前のことです。

右の「生きざま」の「ざま」は、様子や境遇などをあざけって、「何というざまだ」「ざまを見ろ」のように使われる語で、「何たる生きざま」という風に使われていたものです。本来は「生き方」という語ではないのです。

また「ひたむきな部分」という語も、「ひたむきな性格」とか、「ひたむきな気性」というのならわかりますが、「部分」とは、物質としての部分であり、とても生命の通っている物には

使われなかったと思われます。

マルティン・ブーバーという人が、本当の人間関係は、相手をどこまでも第二人称として関係してゆく結びつきであらねばならない。相手が少しでも第三人称化されて、単語のitつまり「もの」のように見られる時には、本当の人間関係はなくなると言っていますが、先にかいた「ひたむきな部分」の「部分」は、そのitにあたり、「もの」としてしか人を見ていないということになります。

遠藤周作のいう嫌な表現というのはこのことです。日本語は、もともと、やさしい和の言葉なのです。

東京新聞の「ひと」欄に、作曲家の遠藤実氏が、遠藤実歌謡音楽振興財団を設立、本格的な活動に乗り出したということで、
日本の情緒を崩さずに現代の音楽を作っていこう。そのためには、正しい日本語の「いい歌謡曲」を生み出すこと、その人材育成がまず第一の目的です。

と語り、また、

いい歌、それぞれ人生の思い出になる歌を残すことです。

とも言っています。しかし、最近の短歌は、謎めいた言葉や、三人称が新しいとしてもてはやされるようなところがあります。これでは、思い出のひとこまにもならないでしょう。

ここまでかいてきて、たまたま開いたある歌誌に次の歌が目にとまりました。

春浅き大堰《おほゐ》の水に漕ぎ出だし三人称にて未来を語る

この歌では「三人称」という語をそのまま使っています。つまり、人間関係をわざわざ、距離をおいた関わりに置こうとしているのです。こうした歌い方が、現代という無機質な時代を、より的確に表現でき、新しさがあると思うからでしょう。

しかし、私たちを取りまく社会環境がそうだからと言って、その現実を分析し、そのまま詠んでも、そこからは何も生まれてこないはずです。

マルティン・ブーバーは、神に対しても、また木や動物に対しても、第二人称として関わり得ると言っています。また、相手を第三人称として関わるところからは、闘争とか、相克とか、自執とかの人間的修羅しか招かないとも言っています。つまり、先にかいた三人称としての歌の詠み方や、最近流行の記号をもちいた歌などは、いくら詠んでも、無意味だというわけです。

歌を読む人の心がいやされ、生きることに力を与えてくれるような、そういう暖かなやさしみのある歌をと、思われてなりません。今をうたう、現代の生きた世界をうたうという名目のもとに、いつの間にか私達は、そのようなやさしみのある歌を忘れ去ってきたのではないでしょうか。

ここで、マルティン・ブーバーのいう第二人称としての関わりをもっている万葉集の秀歌を、二首あげてみます。

いづくにか船泊《ふなはて》すらむ安礼《あれ》の崎漕ぎ廻《た》みゆきし棚無《たなな》し小舟《をぶね》

『万葉集』巻一・五八　高市《たけちの》黒人《くろひと》

羇旅《きりよ》の歌人と言われる黒人の作です。「安礼の崎」は、愛知県宝飯《ほい》郡御津《みと》町御馬《おんま》の崎と言われていて、「安礼」という名と文字が、何となく巡礼的な雰囲気を漂わせています。「棚無し小舟」は、両側に棚をつけない浅い小舟を言います。

一首は、どこの津に船どまりするのであろうか、今、安礼の崎をめぐって漕ぎ去って行ったあの棚無し小舟は、というのです。

何でもないようでいて、声に出して何度も読んで味わっていると、この歌の哀韻の深さが沁みてきます。「棚無し小舟」という物体を、ここでは第三人称では見ていないのです。今風の言葉で言えば、人間愛に裏打ちされていて、作者黒人のいのちを預けた運命共同体としての寂しさが、あるなつかしさをもって響いてくるのをおぼえます。第二人称としてのぬくとさです。

淡海《あふみ》の海夕波《ゆふなみ》千鳥汝《な》が鳴けば情《こころ》もしのに古《いにしへ》思ほゆ　『万葉集』巻二・二六六　柿本　人麿

一首の意は、淡海の夕波の上を飛びかっている千鳥よ、お前の鳴き声をきくと、心もしなえるように昔のことが思われてならないよ、と言うのです。

この歌も、夕波千鳥を「汝《な》」と言って、さながら友に呼びかけるように第二人称の存在としてうたっています。ここに、人麿の生きとし生けるものへの共生の寂しさがあります。

こうして見てくると、現代短歌に復活してほしいもの、また未来の短歌の姿は、実は古い万葉集の中にこそあるのではないかという気がしてきます。

その五

夏至の波横一線に砕けたり

ある新聞の「俳壇」でこの句が一位にあげられ、選者の伊藤白潮氏が、

この句は眼前の風景を雄大に表現して成功した。俳句が人事によって大方占められている中で、こうした自然そのものをしっかりと描写した作は貴重である。

と評しているのをみて、つね日ごろ私の思っていることを言ってくれているような気がして、しばらく考えさせられたものです。

伊藤白潮氏のこの言葉は、何を意味するのでしょうか。現代は自然が自然のままではあり得られず、人間の手によって汚染され破壊されてやまない時代ですが、俳句もやはり例外ではなく、自然を自然のままには詠めないで、何かそこに人工の手を加えなければ物足りなくなっている、ということへの警告ではないかと思われます。これは短歌にとってもまったく同じことが言えます。

高村光太郎の『智恵子抄』のなかに、「あどけない話」という詩があります。

あどけない話

智恵子は東京に空が無いといふ、
ほんとの空が見たいといふ。

というフレーズを冒頭においたもので、そのおわりに、

智恵子は遠くを見ながら言ふ。
阿多多羅山《あたたらやま》の山の上に
毎日出てゐる青い空が
智恵子のほんとの空だといふ。
あどけない空の話である。

という人口に膾炙した詩です。これは昭和三年五月の作となっていて、私の生まれる前の作品ですが、何か今日の自然を予言しているように思えます。ほんとの空、つまりほんとの自然詠

がなくなってきているということにも、つながるのではないかと思うのです。

この光太郎の詩は、空という純粋自然についてですが、伊藤白潮氏のいう「自然そのものをしっかりと描写した作は貴重である」の言葉は、俳句として詠まれた純粋自然句について言っているのです。

天然の純粋な自然が失われてきたと同じように、純粋な自然詠がなくなったことへの警告ではないでしょうか。光太郎の詩をもじって言えば「本当の自然詠が読みたいという」ことなのだと思います。

ここで、最近の自然詠というべき作品を何首かあげてみます。

早苗田をさわさわ渡る初夏の風の素足は緑に染みて
あをあをと躰を分解する風よ千年前わたしはライ麦だった
排泄し排泄し春に向かひゆく季節か宙《そら》を軋ませて雪
スバルしずかに梢を渡りつつありと、はろばろと美し古典力学

最近は自然、自然と言いながら、自然を詠んでもこのように人工の着色がなされた歌が多いようです。こうした着色に新しさがあると思いこんできたのだろうと思いますが、もう行き詰

まってきているのではないでしょうか。「風の素足」にしても「躰を分解する風」にしても、日本語としてやはり無理があるというべきでしょう。

ここで思い出されるのは、折口信夫の「女流短歌史」中の左の文章です。

自然描写と恋愛の心理解剖とが、抱きあいからみ合ったものが、文学らしい文学だ。少なくとも、短歌の最上のものは、こう言う表現をとるはずだと、このころの人達は（筆者注新古今集時代）考えていたのである。そうした考えは、事実後代——今に到るまでも続く。新古今の歌の幽玄味などということも、そう言う点に、力点をおいて言われているのだ。恋愛気分を自然描写の上にかけて、結びつけると、文学として立派なものが出来ると思っていたのである。こう言う歌がその時代の人々にどしどし作られて、いわゆる新古今集の、解釈しにくい歌が出来あがったわけである。

折口信夫はこのように言っています。つまり、新古今時代には自然描写と恋愛をからませて難解歌になったというわけですが、それが現代では、自然描写に理智がからまってきているのです。理智をからませた自然でないと底が浅いのだというふうに、マインドコントロールされているところがあるようです。ここでいう「理智」とは「ことわり」「理屈」のことです。

俳人の伊藤白潮氏が、「自然そのものをしっかりと描写した作は貴重である」と言ったのは、右の折口信夫のいう景情混沌の表現に憂鬱になっているからでしょう。短詩形は、自然詠にかぎらず、そこに理智をからませると、言葉はのびを欠き色あせて、下卑たるものになることを知るべきです。

ここで、古びの来ない、本ものの自然詠を少しあげてみます。

石たたきひらひらと来て雨のふる白き砂子《いさご》の上にくだりぬ　松村　英一
日照雨《ひでりあめ》暑き真昼を降りながら野を遠く啼くひぐらしの声　結城哀草果
芋の葉の破《や》れ葉大きく揺らぎ居り野分の空はただに明るし　土田　耕平
垣根越し蓮田はわづかのこされて其処《そこ》だけ蒼きそらをうつせり　尾山篤二郎
いかるがの代掻《しろかき》小田《をだ》のにごり水ここにも塔の影ひたりたれ　吉野　秀雄

五首抜きましたが、これらのどの一首にも、先にあげた四首のごとき「理」が入り込んでいないことが分るでしょう。物心一如というか、ありのままを、そのまま素直に詠んでいるところに、尽きせぬ味わいがあるということです。一首に「理」が入りこむと、深いようでいて、実際は薄っぺらなものになります。歌の言葉は、「そらをうつせり」とだけ言っていても、そこから漂い流れるものは無限大にひろがってゆくのです。

この頃は、何かひとひねりした意味づけがないと、平凡だとか、底が浅いとか、そんなことを言われがちですが、それはかえって浅いのだということを知るべきです。

ここにあげた五首を、何度も何度もよみかえして味わってもらいたいのです。ここでは、作者の姿は自然のなかに一体となって入り込んでいます。芭蕉のいう「造化にしたがひ、造化にかへれ」ということです。

その六

アトランタのオリンピックで、女子マラソンの有森裕子さんの頑張りに、感動しながらテレビで応援していたのですが、そのときの金メダリストのファツマ・ロバのことを、翌日の東京新聞のスポーツ欄に、
無理のない自然なフォーム、しなやかで安定した乱れのないストライド
と、賞讃しているのをみて、これは、まるで秀れた短歌に当てはまる言葉ではないかと思ったものでした。

たしかにファツマ・ロバ選手の走ってゆく姿は、その容貌、その肌の色、その髪の形など、すべてが、遠い昔からやってきたようなある種の美しさに満ちていました。ハイテクの現代文明のなかにあって、その姿は文明に汚されていない一陣の清風をもたらすものと言ってもいいものでした。

丸谷才一氏は、その著『桜もさよならも日本語』の中で、中学生の教科書の詩が、

「うんと見方を甘くしても、ほとんどすべてが詩ではない」

と言っています。そこで丸谷氏は、本物の詩と贋物の詩をあげて、言葉がどんなに精妙で力強いものかを感じ取らせるためには、ぜひとも子供によい詩を読ませ、朗読させ、さらには暗誦させなければならない。教科書に立派な詩が載って、それを小学生や中学生が暗誦するようになるとき、われわれの文明はもうすこし性格の違うものになるはずであると言っています。

これを短歌におきかえても、そのままそうでなければなりませんが、まず丸谷才一氏が、教科書に載っている贋物の詩としているものをみてみましょう。

春の岬に来て（後半二連）

明るい春の岬のながめは
ごちそうのうちのひとつだ
潮の風と花のにおいにつつまれて
いっそう心がふくらむ
心をふくらませているのは
旅のわたくしたちばかりではない
バレリーナーのちょうもしま模様のはちたちも
春のパーティに酔っている

この詩について丸谷才一氏は、
発想は陳腐で下品である。言葉の選び方はいちいちぞろっぺえである。云々。
と言っています。
丸谷才一氏のいう、「発想は陳腐で下品で、言葉の選びかたはぞろっぺえである」、そういう短歌もまた、まかり通っていることは否めません。それが短歌の詩性だと信じられて、歌壇にまかり通っているのです。そういう歌を少しあげてみます。

濃く赤き林檎を擁し立つ人の視線　愛と死とは近似せる
小あぢさし万羽が渡りゆく空の秋光蜜のごとき祝はむ
灯を点けて魔の夕ぐれを行くときに蜜凝りたる西空が見ゆ
もろもろの帽子陽を鎖し雨を鎖し一つつたなく自らを鎖す
あからひく虚無の弟ひとり生《あ》れ蜻蛉《あきつ》の贈る秋の扇よ

これらはほとんどすべて大家級の作品ですが、それぞれ一首の意が判りにくく、丸谷才一氏にならえば、ぞろっぺえの歌であることはまちがいないようです。
次に、子供によませたい詩として、丸谷才一氏があげている本物の子供向きの詩をあげてみます。

ひばりのす　　木下　夕爾

ひばりのす
みつけた
まだたれも知らない

あそこだ
水車小屋のわき
しんりようしよの赤い屋根のみえる
あのむぎばたけだ
小さなたまごが
五つならんでる
まだたれにもいわない

ここには観念的な意味づけがなく、擬人化がなく、詩らしくしようとする作為がなく、実に自然で、平明で、すっきりとしています。特別に新しがろうとしたり、面白くしようとしたり、知的であろうとしたりはしていません。大人が読んでも童心に返ることが出来、子供が読んでも不思議なときめきが湧くことでしょう。

先日、新潟市で会津八一没後四十年を記念した「会津八一の歌と音楽の夕べ」がありました。

会津八一の短歌四十首ほどを、天野秀延、小澤美智、古関裕而、宮城道雄その他の作曲したものを独唱や合唱できかせてくれました。

宮城道雄作曲の箏曲「奈良の四季」を除いては、ほとんどが西洋音楽と大和歌とのドッキングしたもので、大きく言えば東洋と西洋の融合ということが言えるでしょうか。八一の歌の調べが西洋の曲と一体化して新しいハーモニーの世界をひろげているのです。

そんな八一の歌をここに三首抜き出してみます。

みゆきつむ　まつのはやしを　つたひきて　まどにさやけき　やまがらのこゑ
まどちかき　まつのしづえの　しだりえの　ゆきふみこぼす　やまがらのこゑ
ふたつきて　ひとつゐにたる　やまがらの　こゑはるかなる　にはのしらゆき

小澤美智氏の作曲した「やまがら」の歌にしぼりましたが、どの歌も読み下すにしたがって、つぎつぎと言葉が自然に流れていきます。それゆえ一読、情感がしみじみと胸に沁みてくるのです。古今の名歌と言える歌はみなこのように言葉が直く勁《つよ》いのです。

添削

その一

千三百年余にわたって歌いつがれてきた短歌ですから、短歌についてかくことは限りなくあります。それはほとんど果てしがないほどですが、何といっても短歌作者にとっては、実作が第一です。一首でも多く作ってみることが肝心です。

亡くなられた宇野千代氏は、考えていただけでは駄目で、原稿用紙に書いてみなければ仕事をしたことにはならないと言っていました。なるほど、頭の中で考えていただけでは実体がなく、文筆による創作ということも、原稿用紙に書くという実践を伴わなければならないということでしょう。

そこで、今回から添削に入り、実作に即しながら、短歌とは何か、また短歌のさまざまな問題点などを探っていくことにします。

「添削」について目が開かれたのは、外山滋比古氏の『省略の文学』（中央公論社）の中の

「添削の思想」という一文です。この書は英文学者である氏の俳句論ですが、外山氏自身、はじめは添削ということには好感が持てなかったそうです。しかし、

偶然ある俳誌を見ていたら、添削を難じて、芸術は主体性を尊重すべきである、たとえ結社の主宰者であろうと、みだりに他人の作品に改変を加えるのは慎しむべきである、といった意味のことが書いてある。このごろなにかというとすぐ主体性ということばをもち出すのは苦々しいことと思っているうちに、ふと添削の意義に眼がひらかれた。

と言っています。

そして外山氏は、近代芸術と言われるものには添削の思想が欠如しているとして、

作者の小さな自我を打ち破る道はいろいろ考えられるけれども、添削がもっとも徹底した手段であるのは疑うことができない。りんごの木は放っておくと無暗に伸びるが、大きな実はならない。剪定が必要である。りんごは主体性を口にしないから、どんな剪定にも黙して服する。そして、みごとなりんごをならせるのである。

外山氏はこうかいたあと、添削は表現の普遍化、いいかえれば古典化への一里塚のようなも

のであると言い、

添削の思想をうけ入れない芸術は病める弱き芸術であるというべきであろう。そういうところから真の古典が生れることは難しいのであるまいか。

とかいています。

これは謙虚さを欠いた現代人への警告ともとれましょう。確かに、初心のうちに添削を受け、自作を破壊することの出来る人ほど成長し、魂のはいった歌が詠めるようになると思われます。自分の歌をよしとして、後生大事に縋っている人は、どうしても伸びないように思うのです。

「添削」ということで思い浮ぶのは、正岡子規が伊藤左千夫の歌を添削し、評したときの文章です。これは添削の古典とも思われるものなので、ここにそのひとつを取りあげてみます。

左千夫　おもしろき山茶花もらひ其花を床にさしいれて茶をたてにけり

（愚考）　冬の日のあかつきおきにもらひたる山茶花いけて茶をたてにけり

（愚考）は子規の添削した歌になっています。「あかつきおき」は、早起きのことです。そこで子規の添削の文章を見てみます。

もとの歌、第二句に「山茶花もらひ」といふ稍々複雑なる句を置いて第三句第四句却てのびやかなれば全首何となくしまり無きやうに思はる。よりて愚考は山茶花を第四句に置きて一首のすわりを善くしたるなり。愚考の第一句第二句は他にいくらもいひやうあるべけれど「隣なるあるじのをぢに」「床の間の青磁の瓶に」などやうの重くるしき句を置きては却て一首の趣を殺ぐべし。成るべく簡単なる平凡なる方が概して歌の初句に適するものなり。

ここで、子規の言っている、初句に適するものは、なるべく「簡単なる平凡なる」方がよいということ、また、山茶花を第四句に置いて一首のすわりを善くしたということ、この二つは、子規のいう「頭重脚軽の病」をなくしたということです。

この子規の添削についてつけ加えるならば、その頭重にあたる「おもしろき山茶花」は、どのようにおもしろいのか、その写生がなされていないということでもあります。「おもしろい」とは、愉快である、興味がある、また趣がある、風流であるということです。何となくわかるのですが、読者は具体的なイメージを描くことが出来ないのです。どのように「おもしろい」のか、その中味がとり出せていないからです。

が、子規は、「茶をたてにけり」の結句の動作を一首にとりこませるために、山茶花の花の写生には及ばず、「冬の日のあかつきおき」と、冷たく澄んだ空気をいうことにより、茶をたてる行動の清冽さを訴えるように心がけたのだと思います。歌の単純化ということです。

また左千夫の「床にさし入れて」も粗い表現と言えます。子規の添削の「いけて」と言えば、瓶にいけて、また床にと言わずともわかるのが日本語というものです。

もう一首あげてみます。

左千夫　宇治の茶をのめばしのばゆ宇治の里の茶つみ少女のふしよき歌を

（愚考）　山城の宇治の茶飲めば宇治の里の茶つみ少女の歌ししぬばゆ

さしたる変りにはあらねど「しぬばゆ」を終りに置く方が順当にしてよきやうなり

右の左千夫の歌を添削して、子規はこれだけしか言っていませんが、「山城」という大きな旧国名から宇治へとしぼり、句切れなく「宇治」を繰り返すことにより、茶つみ唄の民謡的な鄙びた調べをとり入れています。そして結句で、「しぬばゆ」と、一首の主題である思いをしぼり込んでいるのです。これによって、左千夫の原作の「ふしよき」の言い過ぎとも思える俗臭が解消されたと言えるでしょう。

正岡子規よりこのような添削をうけた伊藤左千夫は、のちになって斎藤茂吉の歌に、次のような添削をしています。

（原作）　現《うつ》しき世月読《つきよみ》は落ち未だしも弥勒《みろく》は出でず虫鳴けるかも

（添削歌）月落ちてさ夜ほの暗く未だかも弥勒は出でず虫鳴けるかも

「月読」は月のこと。「弥勒」は釈迦入滅後五十六億七千万年の後にこの世に生れて、衆生を救済すると言われる菩薩です。

左千夫の添削により、宇宙的な広がりをもつ上の句となり、歌に流れが出て、しぜんに、結句においた焦点がきまり、虫の音が聞えてきそうです。

その二

石川啄木は、「歌といふ詩型を持つてゐることは我々日本人の少ししか持たない幸福のうちの一つだ」と言っています。日本の短歌は、芸術家や詩人と言われる特殊なひと握りの人達のものではなく、何でもない普通の人達に創作活動をさせ、その人達に詩を与え、人間性を陶冶させる、世界史上未見の詩型です。こういうことは、この短歌作法の序論にもかきましたが、今日でも、短歌という形式に生の哀歓を託して、生き甲斐を見出だしている沢山の人がいます。最近は、あちこちで短歌大会が開かれています。私もその大会の講師や選者のひとりとして行くことが多いのですが、そこで感じることは、短歌が粘土細工のように小手先でこねられている傾向があるということです。時には、そうした言葉いじりの歌が最高点をとったりすることがあります。

このような地域の文化祭における短歌こそ、もっともその土地の文化を物語るものではないかと思いますが、言葉の細工を文学と勘違いしているのではないかと思われる節もあります。

芭蕉は『卯辰紀行』の中で、

――風雅におけるもの、造化にしたがひて四時《しいじ》を友とす。見る処花にあらずといふ事なし。思ふ処月にあらずといふ事なし。像《かたち》花にあらざる時は夷狄《いてき》にひとし。心花にあらざる時は鳥獣に類《たぐひ》す。夷狄を出で、鳥獣を離れて、造化にしたがひ、造化にかへれとなり。

と言っています。「風雅」とは芭蕉にとっては、俳諧のことですが、芸術すべてを指して言っていいます。「夷狄を出で、鳥獣を離れて」とは、未開野蛮な夷狄や鳥獣とは違う、本当に人間らしい人間としてということです。

造化にしたがひ、造化にかへれ

というのは、自分の心を無にして、宇宙自然と一体となること、つまり物心一如ということで、ここに日本のすべての芸道の精神性があるということです。

芭蕉は、こうした日本の芸道を貫く伝統的な精神を忘れてはならないと言っているわけで、短歌も勿論、伝統文芸ですから、やはり、古人の求めたものを求める心を忘れないようにしたいものです。

彼岸花咲く川べりを吹く風のロケーションしをり秋晴れひと日

右の歌は、風がロケーションすると見たところに、意表をつく洒落た面白さがあると言えば言えるのですが、思いつきの面白がりに過ぎません。「ロケーション」とは、辞書によれば「野外へ出かけて撮影すること」とあります。とすると、風があちらこちらと吹き通うことをロケーションと見立てたのでしょうが、表現としては不自然でです。散文詩ならまだしも、短歌では鼻持ちならないものになります。

これをありのままに写生してみると、作為という卑しい意図がクリーニングされます。対象の自然と一体となった無垢の歌の姿となるでしょう。

彼岸花の赤きをゆらし川べりを秋晴れひと日風の吹きすぐ

秋晴れの街をスカーフひるがへし乙女子風を着こなしてゆく

この歌は、「風を着こなしてゆく」が、一見ユニークな発見と言われそうですが、何か人工の臭味が感じられます。「着こなす」という擬人化の垢を落して、平凡でもいい、ありのままをうたった方が、嫌みのない一首となるでしょう。

秋晴れの街を少女子《をとめご》スカーフを風になびかせ軽やかにゆく

花落ちてなほ逞しき百合の雌蕊《しずゐ》そは突き出だす拳にも似て

百合の花は、基部が筒形になっているので、すっぽりと抜けて落ちるのです。そのあとに残っている雌蕊が、花のやさしさに似合わず逞しいのに驚いたのでしょう。下句の「突き出だす拳にも似て」は写生されていて、その逞しさが伝わってはきますが、第二句の「逞しき」の形容詞は感覚であってその実体が見えません。また、「百合の花」は、先に出すべきでしょう。

百合の花落ちて残れる蕊太しさながら突き出だす拳にも似て

打ち水の手をとめて見るさ庭べにひそと咲き出づ不如帰の花

第四句の「ひそと咲き出づ」は、常套的なきまり文句です。不如帰のような目立たない花を「ひそと」と言っても、どのように「ひそ」と咲いているのか、読者にはわからないのです。不如帰の咲いている様子を写生すると、常套句の弊からのがれられます。

打ち水の手をとめて見つ庭石のかげに一枝不如帰の花

朝顔の垣根をとれば秋海棠のピンクの花の爽やかに咲く

「爽やかに」が歌を凡にしています。「爽やか」は「気分がさっぱりする様子」「はっきりしているさま」などの意がありますが、それらをひっくるめて、一口に言ってしまった安易さがあります。朝顔のために気づかなかった秋海棠が、いつの間にか咲いていた、というそれをそのまま詠むことです。驚きは背後にして、作者独自の言葉で表してほしいのです。

垣根なる朝顔とれば薄紅の秋海棠の花咲きゐたりけり

白粉花の蕾おのおの角度もつ夕べを開く力包みて

第三句の「角度もつ」と見ているところは、写生の目がシャープなのですが、結句の「力包みて」は観念です。観念は歌の類型を生みます。例えば、

稔り田の稲穂の黄金波打ちて力漲る越後平野は

枝に垂るる大き石榴はこのあした力はじけて赤き実のぞく

という風にいくらでもパターン化します。

作者が「力包みて」と見た、そのもとを探るのが写実精神です。写実で捉えたものは平凡なようでも、そこには一期一会が詠みとれ、古くならないのです。その源を摑みとり、それを詠むところに物のまことが見えてくるからです。

この物事の源を詠むこと、それが日本の短歌の詩性の独自性であり、尊いところです。短歌

が根源の文学と言われるゆえんでもあり、芭蕉のいう「造化にしたがひ、造化にかへれ」という事でもあります。従って前出の白粉花の一首は、結句を次のようにそのまま表現すればいいのです。

白粉の花の蕾はおのおのに角度をもちて夕べ膨らむ

その三

斎藤茂吉は『作歌実語鈔』に、「作歌の実行は、人間わざであつて、天才とかいふものの独占すべき摩訶不思議なものでないといふのが私の作歌論である」と言い、さらに、「山高きがゆゑに貴からず、樹あるを以て貴しとなす」「人肥ゆるがゆゑに貴からず、智あるを以て貴しとす」など、古くから寺子屋などの教科書とされて来た『実語教』のなかの言葉をあげて、「徹頭徹尾実際的であるから、私の説を信じて、『写生』といふことを実行すれば、すぐれた歌の作れること必定だ」と言っています。

この実際的であるということは、短歌のような国民文学、民衆文学にとっては、極めて大切なことではないかと思うのです。しかし、作法に関しては、短歌よりも俳句の方が、より実際的なような気がします。それは、短歌が個の文学、つまり多く密室の作歌によるのに比し、俳句は座の文芸としての性格が強いからだと思います。

例えば、芭蕉、あるいはその弟子達の書きとどめた芭蕉の言葉の中には、句を詠むに当たっての実際的な心得が数多く語られています。

前にあげた「造化にしたがひ造化にかへれ」もそうですが、「舌頭に千転せよ」「松の事は松に習へ、竹の事は竹に習へ」等々、作歌にあたって指標となるべき言葉がたくさんあります。

その中でも、私の好きな言葉に、

「他流と蕉門（筆者注・芭蕉の門）と第一案じ所に違ひありと見ゆ。蕉門は気・情《こころ》ともにその有り所《と》を吟ず、他流は心中に巧まるるとみえたり」

というのがあります。

これは『花実集』の中で弟子の其角が言っている言葉ですが、この言葉には、蕉門としての矜持があります。つまり、感動のよってきたる根源を詠むということで、そこに真実があるというのです。

従って蕉門では、「俗談平話をただす」と言っています。「俗談平話」とは、日常一般に使っている言葉ということです。この日常の平明な言葉を詩に昇華させることで、他の雅びな高尚な言葉に置きかえるたくらみをしても、詩的真実は得られないということです。

「ただす」とは「糺す」で、金鉱を精錬して純金を取り出すようにすること、言葉の偽りを捨てて真実を打ち出すということ、「言葉を巧む」のではなく、糺《ただ》してゆくこと、そこに、推敲の意義があり、添削もまたそうでなければならないというのです。

私の短歌作法の根本姿勢もそこにあり、ただ美しい言葉で修飾したり、人の意表をついた面白さを狙ったりするのが、歌の工夫とはならないということです。

いづくよりか甘き匂ひの流れくる木犀の花秋をつれくる

結句の「秋をつれくる」の擬人化に企みがあります。このような思いつきの修辞は、浅いのです。木犀の花そのものの実体に至りついた表現ではなく、人工的に安易に着色されているのです。平凡のようでも、木犀の自然のままの花の姿をとらえて詠むべきでしょう。

どこよりか甘き匂ひの流れきて金木犀の花の咲きゐぬ

わが足とも杖ともなりて日々《にちにち》の原動力なる赤き自転車

多分この作者は、足の悪い方なのでしょう。そうすれば、「原動力」といいたい気持はよくわかるのですが、言葉にのみ頼っていて、中味が伝わってこないようです。「原動力」とは、すべてのものの活動を起こすもととなる力をいう観念語です。
こういう観念語は使わずに一首にする方が、自転車への思いがやさしく、自然にこもります。

わが足とも杖ともなりて日日《にちにち》にわが乗るこれの赤き自転車

幾世経て変らぬ虫の鳴く声に耳をすませばしんしんと秋

一、二句は言わでもの理《ことわり》を言っている感じです。わかりきっていることを、大仰に言ったに過ぎないように思われます。変らぬものは、虫だけではないからです。
結句も、うたいすぎていて実体のない言葉に終っています。散文詩ではこれでもよいのかも知れませんが、短歌という詩型では、言葉が定着しないのです。抑制が必要でしょう。

夜くだちて庭にい鳴ける虫の音を耳澄まし聞く秋深みかも

夕ぐれの庭より湧きて立ちのぼる虫しぐれといふ寂しい時間

虫の声を「立ちのぼる」と聞いた第三句は感覚で、立ちのぼるように聞えたということでしょうが少し無理があります。結句の「寂しい時間」は飛躍した総括で、読者には生きた実感として伝わりません。

短歌は和《こた》え歌ですから、作者の一方的な気儘な表現をするべきではないのです。このような言い回しを、詩的表現だと思うのは浅はかで、実体がないのです。自然をねじまげて企らんでいる表現に過ぎません。

夕ぐれて暗《くら》みくるほど鳴きしきる虫のしぐれといへる声かも

本物の木の葉を入れて焼くといふ日田焼湯呑み温かきかな

結句の「温かきかな」の「あたたかき」は、本当に手に伝わってくる温かさではなく、そう見えるという心象表現であって、これもひとつの修辞の企みに陥っています。「あたたかく」見えた日田焼湯呑を茂吉の言うごとく写生すると、その「あたたかさ」が見えてくるのです。

本物の木の葉を入れて焼くといふ日田焼湯呑の手ざはり柔《やは》き

海老鮑海の幸盛る食膳に食ははづみぬダイエット忘れて

「ダイエット」という外来語は、最近よく使われている俗語ですが、俗語のままに終ってぃて、歌としての真実が打ち出せていません。現代の流行語に安易によりかかっていては、俗情が越えられないのです。

海老鮑海の幸盛る宿の膳夕餉はづみぬ足摺に来て

和服姿もきまりて出かくる父の姿大正生まれの男子なりけり

右の歌の「きまりて」の俗語が、一首を安っぽくしています。この俗語を糺《ただ》すには、どうすればよいのでしょうか。「きまる」を『広辞苑』でしらべてみると、①定まる、決定する、②勝負がつく、③事物がきちんと恰好よくできあがる、などがあり、この歌の場合は③の意でしょう。

この「きまりて」を、そのまま安易に使用しないで、作者の心を潜らせてみると、一首にふくらみが出るようです。

和服着る姿よろしき父上は大正生まれの男子《をのこ》なりけり

その四

戦後の短歌、というより文学ぜんたいが追い求めてきたものの一つは、個性ということでした。個性、個性と追い求める時代の流れの中で、短歌はいまや、個性という病いにかかっているのではないかという気がします。

歌を個性的に詠もうとするあまり、陥っている一つに、暗喩（隠喩）の問題があると思うのです。つまり「如し」「ようだ」を使った比喩では平凡だということから、直接そのものを他のもので表現する、例えば「花のかんばせ」「金は力なり」のような喩の多用です。

このことで思い出されるのは、十年程前に、愛知淑徳大学の今井文男教授が、ある新聞のコラムに、スキーに誘う広告文のことを取りあげていたことでした。その広告には、

駈け出せ、野うさぎ

とあり、今井教授は、「一体、どこのだれが人を『野うさぎ』と見下し、高飛車に『駈け出せ』と命令し得るのか」と言い、この広告文の誤りの一つは直喩であるべきを隠喩にした所にあると指摘して、相手を相手とも思わぬ態度で、ことばが使われているとしたら、日本語の乱れは早晩であろうと警告していましたが、しかし、現在では隠喩（暗喩）は日常茶飯事のようになっている気さえします。

歌壇には老いし雀の百羽ほど夕ねぐら求め啼《と》きつつあはれ

こんな歌が評判をとったのですから、今や日本語は乱れに乱れていると言っていいのかも知れません。

梟よ背中をべつたり椅子につけ稀薄な話をしてゐるときに

向日葵がはにかんでますこの駅に君が下車する夏の日待ちて

右二首の「梟」「向日葵」が暗喩にあたります。「梟よ」は、解説によると作者自身のことだと言います。とすると、二首目の「向日葵がはにかんでます」も、作者自身を喩えていることでしょうか。何となく流行歌のような俗臭を覚えます。

『斎藤茂吉歌論集』の中の『童馬漫語』に、「写生」という一節があります。茂吉はそこで、氷柱の表現の苦心談を語っているのですが、大変面白いので紹介してみます。

檐《のき》から短い氷柱《つらら》が一列に並んでさがつてゐる。それから白い光が滴つてゐる。それを一首の短歌にしようと思つた時、ふいと比喩にするといふ思ひが浮んで、「鬼の子の角ほどの垂《たる》氷《ひ》」と云つた。段々読み返して見るとどうも厭味である。それは鬼の子では余り目立ち過ぎていけないのだと思つた。それならば、「山羊の子の角の垂氷の一並び」かと思つたが、どうも落付かない。「めすの犬の乳首のやう」とも思つたが、どうもいけない。とどのつまり、「ひさしより短か垂氷の一並び」といふ平凡な写生にして仕舞つた。（中略）奇抜な比喩などは存外楽なものであるが、短歌では奇抜なほど厭味に陥るやうである。

添削に戻ります。

冬将軍迎ふる宴か木々たちはシルクのドレスに今宵華やぐ

「冬将軍」とは、ナポレオンが厳冬のためモスクワ遠征に失敗した故事から「冬」の別称となり、冬のきびしさを人格化した言い方です。茂吉流に言えば、「シルクのドレス」がここではどうもキザですし、また「シルクのドレス」が「冬将軍」というだけでは雪とはとりにくいうらみがあります。「宴か」も調子に乗り過ぎているようです。
ここは、「雪をかづき」で充分で、厭みがなくなります。

冬将軍迎へんとして裸木の雪をかづきて今宵華やぐ

炉端焼かこむ囲炉裏に赤々と小さき旅情一つ燃えたつ

「小さき旅情一つ燃えたつ」と囲炉裏の火を旅情にことよせた隠喩に無理があります。「一つ」というのも、意味ありそうで地についた言葉とは言えません。

炉端焼かこむ囲炉裏に赤々と炎あがれば旅ごころ湧く

朝夕の冷気そろそろ忍び足布団靴下ヴェストも欲しき

「忍び足」とは、忍んでゆく時の足どりで、音をさせないぬき足さし足のこと。それを季節の推移の暗喩とし、そのままとり込んでレトリックとしているのでしょうが、これでは安易で、軽薄さがつきまといます。平凡でも実際に即して詠んだ方が、季節と斬り結ぶ真摯さがあり歌としての力があります。

朝夕の冷気日毎に加はりて布団靴下ヴェストの欲しき

斎藤茂吉は、その歌論集で蘇東坡の詩の句「枝を抱いて寒蜩《かんてう》咽び」の「抱いて」や「咽び」の擬人的な表現も漢詩として見る場合にはよいし、また、カール・ブッセの詩の「山のあなたの空遠く、幸《さいはひ》住むと人のいふ」という上田敏訳の句も、西洋の詩としては平凡過ぎるほど平凡であるが、短歌に用いる場合は顧慮を経なければならないと、次のように言っています。

短歌の表現技法の特色は、漢詩や洋詩や長詩に比して平凡だとも謂へるし単純だとも謂へるし原始的だとも謂へるし根源的だとも謂へるのである。短歌は短い詩だが、きりきりのところ、いよいよのところをあらはすものである。根源根源と行くものである。さうして見ればいろいろ道草を食つてゐる暇がないといふことにもなり、塵滓を洗滌せねばならぬといふことにもなり、端的に生《せい》を露出せしめるのが本来だといふことにもなるのではなからうか。

これは、短歌に一生を捧げた茂吉ならではの言葉ではないかと思われます。

中国の詩でもない、西洋の詩でもない、また、日本の散文詩でもない、まして俳句でもない、わが国固有の伝統詩である短歌の本質を深く捉えた、しかも実作者としての重い言葉だと思うのです。短歌は、奇を衒っては品性を欠いたものになるということです。

流れゆく隅田の川に風立ちてウインクの如さざ波光る

「ウインクの如」の擬人化が意表をついているようでいて、軽薄で品がありません。人目をひいても、これではあまりに通俗です。

流れゆく隅田の川に風立ちて光るさざ波わが目を射たり

もうすぐに冬の足音聞え来るいつしか虫の声も途絶えて

初句の口語調も締りのないものですが、「冬の足音」の擬人化が安易すぎます。足音と感じたぎりぎりの所を探らねばなりません。

間なくして冬来たるべしいつしかに虫の声絶え夜頃しづけし

最近は「風のてのひら」「風の素足」「花のてのひら」などのように、擬人化して何か新しさを見ているような傾向がありますが、擬人化は歌を小器用な作り物にしていて実体感がなく、鼻につくものです。やはり、面倒でも比喩に頼らず、対象に正面から真向かってゆく作歌態度を養うことが大切ではないでしょうか。

その五

初心者の連作の形をとった歌六首をあげてみます。

(一) わが庭の無花果の木を今日見れば傷ましきかな虫に食はれゐぬ

(二) 無花果の木肌傷まし髪切虫に食ひ荒らされたる穴数知れず

（三）幾十年生《な》り続けきし無花果の傷みに気づかぬ吾を許せよ
（四）無花果よ癒えて生きよとその幹を撫でつつ呟く夕暮るる庭
（五）朝夕に髪切虫を捕ふるが日課となりて秋もたけなは
（六）秋たけて無花果の木の髪切虫日々にとりきて見えずなりたり

このような連作の場合、第一首目はどうしても前置きのようになり、詞書《ことばがき》になってしまいがちです。つまり、助走の形の歌になるのです。しかし、このような歌を二、三首詠んでいるうちに、しぜんに感興が高揚され、純化されてきます。従って、まず詠むことはいいのですが、あとで初めの一、二首を、捨てることも大切です。

これを「捨歌」と言います。

（二）の歌は、無花果の「木肌」と言っていますが、「幹」だけでもいいように思います。「傷まし」は少し言い過ぎで、こういう主観語は抑制した方が歌が澄み、力が出ます。ここは、「傷まし」と感じたその実態を写生して訴えたいところです。また、髪切虫が食ったとはっきり言わない方が、発見の驚きが出ます。

無花果の幹のそここここに小さき穴数知れずあり髪切虫か

(三)の歌は、前の歌があるので、作者は「傷み」の内容を言わないでもわかってくれていると思いがちですが、作者としては手抜きになります。歌は、子供のようなもの、連作といえども一首一首、独立させて手放してやるべきです。このままですと、「傷み」が「実の生る傷み」のようにも解されます。また「傷み」とまで踏み入らずに、ありのままを言った方が自然ですし、「吾を許せよ」というのも、ポーズがありすぎて嫌味になるようです。

幾十年生《な》りつづけきし無花果の髪切虫に食はるるを知らず

無花果よ癒えて生きよとその幹を撫でつつ呟く夕暮るる庭

これは(四)の歌ですが、こうして一首を取り出してみると(三)の歌と同じく、なぜ「癒えて生きよ」と作者が言うのかが判りません。この場合も独立性と客観性をもたせることが大切です。結句の「夕暮るる庭」は、つけ足しに終っていて必然性がないと言えましょう。

無花果の虫に食はれし幹撫でつつ癒えて生きよと吾れつぶやけり

㈤の歌は、この一首だけでは、どこにいる髪切虫かが言えていないので、読者はイメージが描けず頼りないのです。また四句までを丁寧に言って、急いで「秋もたけなは」まで持っていっては、歌の中心がどこにあるのか判らなくなります。四句までで一首にすると、心がこもってきます。

無花果の木を食む髪切虫朝夕にわが捕ることの日課となりぬ

㈥の歌は、お話の結末をつけたにすぎないうらみもありますが「見えずなりたり」の具体性に作者の行為が報われた思いが感じられます。

連作の場合の注意点は、まず一首の独立性を考慮することです。特に紀行詠などの連作は、お話になってしまって、歌が全部将棋倒しになる場合が多いのです。

尾山篤二郎はこういった連作の機微を『短歌論攷』の中で、「はじめ捨歌を五六首も作つてゐるとそのうちに自ら興が湧いてくるものである。興が湧いて十首も作つてゐるうちに、また自然と消えてゆく。そこで前後を捨てる」と言っていますが、連作の場合も前後を捨てた方がよい場合が多いようです。

炎天下そこここゆ槌音きこえくる増税さけての建築ならむか
「私をほめてやりたい」終《つひ》の日のわたしの唇《くち》で言ひたいことば
安住の森つぶされてホームレスとなる鴉かも屋根にてさわぐ

右の三首は、社会や時代の影響をうけた時局性のある歌と言えるでしょう。

一首目は、消費税があがることを見越しての建築ブームをうたっています。「炎天下」はそれほどの効果があるとは思えません。一応、人情の機微は突いていても、こういう歌はこの時局性が失われた時に、どの程度の感動を与えるかが疑問です。

この日頃そこここゆ槌音きこえくる増税さけての建築ならむか

二首目は、アトランタオリンピックでの有森裕子さんの有名な言葉です。「唇」を「くち」と読ませるのは俗で、「口」で充分ですが、果して「口」をいう必要があるかどうか。この言葉はマラソンという苦闘を経た有森さんにして初めて言える言葉です。

こういう軽口傾向も現代の反映のひとつでしょうが、歌は己れにかえってくるものがないと、訴えるものが弱くなります。それは一首目の歌にも言えることです。

私をほめてやりたいとふ有森さんの言葉を時に思ひ出しゐる

三首目は、ホームレスの語を使用していますが、やはり時局性が薄れた時、その面白さ、真実性があるかどうか問題です。こういう時代の流行語を使ったからと言って、歌が新しくなるわけではありません。むしろ、その逆で、新語は時の淘汰をうけていないので、歌の味わいに欠けます。言葉にゆかりがないからです。

つね居たりし森の伐られて鴉らの行き場のなきか屋根の上に騒ぐ

グラフィック・デザイナー亀倉雄策氏の東京オリンピックのポスターなどの作品は、時代性をよく表しているとされるのですが、亀倉雄策氏は先日、テレビで質問に答え、「その時代を考えたり、時代に合わせて作ろうと思ったことは一度もない」と言っていました。

最近セクハラとかストーカーとか、そんな新しい言葉が出現しましたが、それを詠み込んだからと言って歌が新しくなると思うのは、あさはかだと言わざるを得ないでしょう。

何年か前に、比較文学の芳賀徹氏が、歌人はどうしてアンテナを立てたがるのかというようなことを言っていましたが、考えさせられることです。

終章

『去来抄』の中で芭蕉が、弟子の去来の句に添削を施したことが出ています。それは、

凩《こがらし》の地迄おとさぬしぐれ哉　　去来

の句を、芭蕉が、「地迄とかぎりたる迄の字いやしとて、直したまひけり」として、

凩の地にもおとさぬしぐれ哉

としたというのです。なるほど、去来の句の「地迄」と言ってしまっては、いくら「おとさぬ」と言っても、もうしぐれは地に届いてしまっています。「覆水盆に返らず」なのです。「地にも」ならば、しぐれは未だ地に達しない軽さをもっています。

このことは、日本語が言霊《ことだま》を持っていると言われる所以であり、また日本語の妖しさでもあり、特質でもありましょう。「地迄」には「迄」という言霊があり、己れを主張するからです。

例えば、

冬に耐へ春過ぎ夏咲く皐月《さつき》の花早もあまたの蕾を持てり

の一首をみてみますと、上句の「皐月の花」まで読みすすむと「花」がイメージされて浮かびあがってきます。しかし、下句では未だ蕾のことが詠まれているので、読む者は「おや」と違和感を覚えるのです。そこで、読者は、何度も読み返すということになります。

これは「皐月花」の「花」という語のもつ言霊の力によって、あとからいくら「蕾」と言われても、「花」のイメージが拭い去れないからです。上句を「夏に咲く皐月」とすれば自然ではないでしょうか。こうした日本語のもつ霊妙な言葉の働きに心したいものです。

碑の前に急がむとしてあやふくも撫子の花踏まむとしたり

右の歌は、一見よく出来た歌で、どこにも欠点はなさそうです。歌会や短歌大会などでは、ある程度の高点を得られそうな要素を持っています。しかし、一歩立ちどまってみると、よく出来すぎた感じ、ということは、作られた物、どこか細工された匂いが感じられるということです。

なぜ「急がむ」としたのか、また「あやふく」「踏まん」としたのか、その必然性がなく、設定されすぎたうらみがあります。

つまり、短歌としての現実性《リアリティー》が稀薄なのです。「事実必ずしも真ならず、虚もまた真なり」ということです。それにこのばあい、誂えられたような撫子の花より、どこにでもある野生の花の方がよりリアリティーがあるように思われます。碑のある場所には、その方が自然さが感じられるのではないでしょうか。

碑の前に寄りゆかんとし秋草のつるぼの花を踏まんとしたり

「急ぐ」と「あやふく」をとり、「つるぼの花」としてみましたが「蒲公英」でもいいでしょう。「つるぼ」や「蒲公英」なら、秋彼岸の頃墓地などに沢山咲いていますし、珍しくない野性の花で、一首にわざとらしさ、つまり作為がなくなるようです。

江戸末期の歌人で国学者の平賀元義は、万葉集の歌をただ声高く朗誦するのみに、辞句の解釈には至らないので弟子達があやしんで、恐る恐る「どうか御解釈を」と言うと、

「かかる名歌はただ諷誦すべきもの、あたら解釈などすべきものにはあらぬよ」

そう言ってただ朗々と諷誦のみしたという逸話が残っています。

田児《たご》の浦ゆうち出でて見れば真白にぞ不尽《ふじ》の高嶺《たかね》に雪はふりける

『万葉集』巻三・三一八　山部　赤人

右の歌には、どこにも難解な字句はなく、元義の言うようにただ口に誦するのみで、すっきりとした読後感が得られます。それが、

田子の浦にうち出でて見れば白たへの富士の高嶺に雪はふりつつ

の百人一首の歌になりますと、「雪はふりける」の事実をそのまま端的にのべるという真実性はなくなり、「白たへの富士の高嶺に」などという言葉の技巧が目に立ちます。また、

苦しくも降り来る雨か神《みわ》の崎狭野《さの》の渡《わたり》に家もあらなくに

『万葉集』巻三・二六五　長忌寸奥麻呂《ながのいみきおきまろ》

の寂寥感にみちた万葉集の歌が、新古今集になりますと、

駒とめて袖うち払ふかげもなし佐野のわたりの雪の夕ぐれ

『新古今集』巻六・六七一　藤原　定家

という風に、舞台装置の書割りめいた固定感のあるものとなり、いわゆるポーズのある歌になってきています。自然の現実から遊離し、作者が人工的文学世界、仮想現実の世界に住むようになると、歌がだんだんに生気を失ってゆくのです。三好達治流に言えば、「文学的修練を積み重ね、文学的心象を取りこめば取りこむほど、見失ってゆくレアリテ」ということになるのでしょうか。

現代もまた、言葉の粉飾や技巧に執し、自然流露の美学が失われている時代と言っていいでしょう。加えて、理のはいった意味づけや、見せ場のない歌は物足りないとして、追いやられる時代になっています。つまり、短歌が短歌としての本来の姿を失い、分別や意味づけにがんじがらめにされているのです。これは現代人の傲慢さのゆえではないかと思われます。

「新しい短歌」とは、時の篩にかけられても残る、いつまでも古びない、生まれ立てのように新鮮な短歌ということです。「温故知新」という言葉があります。「故《ふる》きを温《たず》ねて新しきを知る」ということで、ただ放埒に新しさを求めてはいけないということです。

短歌の精神は和の精神にあります。五七五七七という定型の中に制御する自律の心、それが和の精神です。囲碁の武宮正樹九段がエッセイで、お互いに相手との調和を考えて打ち進めれば、実に清々《すがすが》しい気持ちで碁を楽しむことができます。そしてこのほうが、創造的な手が生まれるものなのです。

と言っていました。厳しい勝負師からこのような言葉をきくとは誰しも思わなかったのではないでしょうか。この和こそ、短歌のもつ根本精神です。知識や理をふりかざし、いたずらに読者の胸に土足で踏み込むような歌は、真に自我が確立していない証しと言えましょう。

ここには短歌の種々の姿、その重み、その美しさなどについてかいてきましたが、推敲無限、添削無限であるように、短歌の作法もまた無限であり、短歌についてかこうとすれば、それは限りがありません。

一口に言えば、短歌は和《こた》え歌であり、それはやはり叫びであり、またおのずからなる調べがそこになければなりません。その二つを兼ね備えた三十一音の姿が、短歌本来の姿であり、たくらんだり、言いくるめたりすることなく、無垢の心で詠みつぎたいと思います。

（おわり）

単行本あとがき

『新しい短歌の作法』は、「短歌現代」の平成六年四月号より平成九年三月号まで、満三年間にわたって連載してきたものです。三年間、私なりに歌への思いのたけを書いてきたつもりですが、読み返してみますと、思いあまって言葉足らずの感を覚えております。

短歌を詠むということは、過去に生き未来にも生きる深い深いものであるように思います。ひとまず一本となし、これからも短歌とは何か、凡そ真《まこと》なるものを求めて、新しい旅を続けたいと思っています。

よき仕事をお恵み下さいました石黒清介様に心から御礼を申し上げます。

平成九年三月十八日　三椏咲く日に

大塚布見子

選書版あとがき

本書は「短歌現代」に平成六年四月号より平成九年三月号まで三年間にわたり連載されたものです。平成九年十月に短歌新聞社より初版、平成十年一月に再版されましたがそれより既に十三年を経て残部もなく刊行が待たれておりました。

このたび、短歌新聞社選書として刊行の運びとなりこの上もない喜びです。厚く御礼申し上げます。

折しも東日本大震災が起こり、平成二十三年三月十一日、午後二時四十六分の一瞬を以て世は一変したように思われます。この世紀の天災は物書き達にも多大の衝撃を与え、「三・一一」以前に書いたものを書き直した作家もいると聞きます。被災された方々は口々に「普通がよい」「日常を取り戻したい」と言っています。短歌への思いや考え方も変ってくることでしょう。これまでのように奇を衒ったり、意表をついたり、言い回しや意味づけなど知的技巧に走ったものなどはそらぞらしくむなしく思われるのではないでしょうか。

ここには「作法」としながらも常に歌の原点に立ち返ろうとするわたくしの短歌への思いを

綴ってありますが、このたびの衝撃的な天災を経ても何ら変ることはありません。いかなる時代が来ようとも日本語の詩である短歌の正しい姿が後の世に伝えられてゆくことを願ってやみません。

この度の東日本大震災と大津波に被災された方々、また福島第一原発の放射能漏れによる被害を受けておられる方々に心よりお見舞い申し上げ、一日も早い復旧復興をお祈り申し上げます。

多くの方にお読みいただければ幸いです。

平成二十三年五月十六日

大塚布見子

新書版あとがき

『新しい短歌の作法』は、先に短歌新聞社より単行本として、平成九年十月に初版、平成十年一月に再版され、尚平成二十三年九月には同じく短歌新聞社より選書として発行されたものです。

このたび、現代短歌社の現代短歌新書に加えていただくことになり、一層読者に親しまれる一本になることを喜んでおります。

現代短歌社の道具武志社長はじめ今泉洋子様ほかスタッフの皆様に心より感謝申し上げます。

平成二十八年三月吉日

大塚布見子

著者略歴

大塚布見子

昭和４年11月30日、香川県観音寺市に生まれる。香川県立三豊高等女学校在学中は、「形成」同人南信一校長に短歌を学ぶ。東京女子大学国語科在学中は、担任の「アララギ」会員藤森朋夫先生に万葉集を学ぶ。

雑誌「スタイル」「モダン・ロマンス」に一時勤務。宇野千代、北原武夫、和田芳恵のもとにて編集。

歌誌「藝林」を経て、昭和52年歌誌「サキクサ」を創刊、現在に至る。

歌集に『白き假名文字』、『霜月祭』、『夏麻引く』、『ゆきゆきて』、『山辺の里』、『遠富士』現代女流短歌全集21『夢見草』、『散る桜』、『形見草』、等十六巻。評論集に『短歌雑感』三巻、歌書に『短歌歳時記』二巻、『花の歌歳時記』二巻。『大塚布見子選集』全十三巻。

日本文芸家協会会員。

平成13年　第３回島木赤彦文学賞受賞。

平成15年　第21回日本文芸大賞現代短歌賞受賞。

平成20年　第15回短歌新聞社賞受賞。

新しい短歌の作法　〈現代短歌新書〉

平成28年６月23日　初版発行

著　者　大塚布見子
発行人　道具武志
印　刷　㈱キャップス
発行所　**現代短歌社**

〒113-0033　東京都文京区本郷１-35-26
振替口座　00160-5-290969
電　話　03（5804）7100

定価1000円（本体926円＋税）
ISBN978-4-86534-146-1 C0092 ¥926E